KB110451

토마스 만 읽·기·의·즐·거·움

부덴브로크가의 사람들 · 토니오 크뢰거 · 마의 산

e시대의 절대문학

토마스 만

읽·기·의·즐·거·움

부덴브로크가의 사람들 · 토니오 크뢰거 · 마의 산

|윤순식|토마스 만|

살림

e 시대의 절대 문학을 펴내며

자고 나면 세상은 변해 있다.
조그마한 칩 하나에 방대한 도서관이 들어가고
리모콘 작동 한 번에 멋진 신세계가 열리는
신판 아라비안나이트가 개막되었다.
문자시대가 가고 디지털시대가 온 것이다.

바로 지금 한국은, 한국 교육은,
그 어느 시대보다 독서의 당위성을 강조하고 있다.
지난 시대의 교육에 대한 반성일 것이다.
그러나 문자시대가 가고 있는데,
사람들은 디지털시대의 문화에 포위되어 있는데,
막연히 독서의 당위를 강조하는 일만으로는
자칫 구호에 머물고 말 것이다.

지금 우리는 비상한 각오로, 문학이 죽고
우리들 내면의 세계가 휘발되어버린 이 디지털시대에
새로운 문학전집을 만들고자 꿈꾼다.
인류의 영혼을 고양시켰던 지혜롭고 위엄 있는
책들 속의 저 수많은 아름다운 문장들을 다시 만나고,
새로운 시대와 화해할 수 있는 방법론적 독서를 모색한다.

e 시대의 절대 문학은
문자시대의 지혜를 지하 공동묘지에 안장시키지 않고
디지털시대에 부활시키는 분명한 증거로 남을 것이다.

발행인 심 만 수

1929년 장편소설 『부덴브로크가(家)의 사람들』로 노벨 문학상을 수상한 토마스 만은 그의 명성과는 달리 의외로 한국에는 잘 알려져 있지 않다. 쉽지 않은 독일 작품 중에서도 토마스 만의 글은 특히 더 어렵고 많은 생각을 하게 만들기 때문일 것이다. 무엇보다도 그의 작품은 대부분 간결한 문장으로 끝나는 법이 없고, 글 자체도 건조체에다 만연체이며, 내용 또한 언제나 이중적 의미를 띤다. 그렇다면 재미라도 있어야겠는데 아쉽게도 그것 역시 기대할 수 없다.

일반 독자의 경우 몇 년을 벼르고 별러 단단히 결심한 후에야 비로소 토마스 만의 장편을 손에 들게 되지만, 애석하게도 얼마 읽지도 못하고 그만 책장을 덮어버린다. 이를테면 『마의 산』은 책장을 펼치자마자 등장하는 시간의 의미에 관한 토마스 만의 해박한 지식에 독자는 숨이 막히고, 『부덴브로크가의 사람들』 도입 부분의 장황하게 서술된 만찬회 장면에 독자는 당황하게 된다. 그 이유는 독자들이 알고 있는 것과는 다른 이중적인 의미, 즉 아이러니적 서술 기법으로 묘사되어 있기 때문이다. 이 글을 쓰고 있는 나 또한 『마의 산』을 읽다가 대여섯 번은 중단했던 것으로 기억한다.

토마스 만은 흔히 말하는 잔잔한 인간미는 그리 두드러지지 않는다. 그는 망명 시절 많은 사람을 도왔지만 그에게 친구다운 친구는 없다. 스무 살 무렵부터 60여 년간 매일 오전 9시부터 12시까지는 어김없이 창작 작업에 몰두했기 때문에 친교라고 일컫는 그런 관계를 맺기란 불가능했을 것이라 추측할 수 있다. 그는 자기중심적이고 경솔했으며, 예민하기로는 프리마돈나 같고, 거만하기로는 테너 가수 같았다.

1975년 토마스 만의 탄생 100주년을 기념할 당시에는 문학사에서 유례를 찾아보기 힘들 정도로 그는 공격의 대상이 되기도 했다. 물론 인간에 대한 이해와 호의라는 긍정적 평가가 없었던 것은 아니지만, 수많은 독일 작가로부터 비정직성과 비겁성의 화신이라는 비난을 들어야 했다.

그렇지만 그의 작품을 들여다보면 그 속에는 독일 소설의 특징인 인생의 의미에 대한 심오한 인식이 깔려 있다. 다시 말해 우리가 독일 소설이라고 하면 어렴풋이 떠오리는 총체성—인생의 일 단면의 묘사가 아닌 세계와 인생의 총체성—이 제시되어 있다. 그 래서 헝가리의 유명한 문예이론가 루카치는 세계 문학사에서 가 장 위대한 작가를 누굴 들 수 있는가 라는 질문에 주저 없이 토마 스 만을 꼽았다. 한마디로 그는 20세기 전반의 가장 위대한 독일 작가라는 데 의심의 여지가 없다.

19세기에 창작 활동을 시작한 토마스 만은 동시대의 가장 위대 한 시민적 작가요 비판적 리얼리스트였다. 그는 또한 독일 낭만주 의의 극복과 독일 휴머니즘의 부활을 추구하여 20세기 문학에 큰 획을 그었다.

최근에 1977년부터 1995년에까지의 그의 일기가 공개되면서 그에 대한 연구가 활력을 띠게 되었다. 일기의 주된 내용을 통해 새롭게 알려진 사항은 그의 전 작품이 동성애와 깊이 관여되어 있 다는 것이다. 지금까지의 세계적이고 기념비적인 휴머니스트로서 의 모습이 아닌 문제적 개인으로서의 모습만이 드러나고, 그를 움 직였던 가장 큰 힘이 나르시시즘이었다는 사실이 밝혀지고 있다. 물론 앞으로 많은 학자에 의해 더 많은 연구가 진행되어야겠지만, 근래의 경향처럼 동성애적 시각으로만 그의 작품을 분석하는 것 은 지금까지의 토마스 만의 위상에 다소 어긋난 면이 있고, 또 한 쪽으로 치우친다는 느낌마저도 든다.

이 책이 이러한 최근의 편향성을 극복할 수 있는 단초를 제공

함으로써 독자들이 토마스 만과 그의 작품을 균형감각을 유지하면서 이해할 수 있도록 하는 데 도움이 되었으면 하는 바람을 전한다.

사족 하나. 책을 한 권 낼 때마다 감사의 말을 전할 사람들이 여럿 있다. 때로는 이런 지면이 그 고마운 이들에게 누가 될까 오히려 송구스럽기까지 하지만 이번에도 용기를 내어 또 한번 고마움을 표한다. 친구 임성기, 박태순, 김삼호, 선배 박차석, 박성동, 후배 김성현, 김동성, 염경춘, 살림출판사 강명효 선생, 그리고 Animan 친구들……

사족 둘. 무릇 학자는 가난과 벗을 삼아야 하고 외롭기도 하지만, 나의 경우 고마움을 전할 지인들이 꽤 있어 친구다운 친구가 없었던 토마스 만보다는 그래도 낫다는 생각을 한다.

윤순식

토마스 만 읽·기·의·즐·거·움
Thomas Mann

1 토마스 만

서구문예사조에서 19세기 말~20세기 초에 이르는

'세기 전환'의 문학은 전위적 실험 예술성의 시기였다.

이 시기 20대 초반이었던 토마스 만은

쇼펜하우어 · 바그너 · 니체 등에 심취하여 예술의 고귀한 영원성과

그 부도덕적 위험성을 동시에 통찰하게 되었다.

그리하여 그의 초기 작품들은 대부분 시민 계급의

건전한 도덕률로부터 이반하여 세기말의 병적인 예술가 기질을

보여주는 주인공들의 고뇌를 그리고 있다.

그러나 나이가 들어감에 따라 그의 작품 세계는

차츰 삶에 대한 친근함과 휴머니즘으로 옮겨가고,

나아가 예술의 사회적 의무를 주장하기에 이른다.

아이러니와 유머의 정신이 그의 작품세계를 지탱하면서

독일소설의 특징인 인생의 의미에 대한 심오한 인식과 더불어

총체성을 보여주는 토마스 만의 작품세계가 완성된다.

문예이론가 루카치는 세계 문학사에서 가장 위대한 작가로

주저없이 토마스 만을 꼽았다.

1 장 — 시대적 배경

Thomas Mann

토마스 만의 시대적 배경

　20세기 독일의 대표 작가 토마스 만은 1875년 6월 북부 독일의 한자도시(Hansastadt) 뤼벡의 부유한 집안에서 태어나, 1955년 8월 스위스 취리히 근교에서 작고했다. 그는 뤼벡의 참정의원을 지낸 아버지로부터 냉철한 사고와 도덕적 기질을, 독일인과 브라질인의 혼혈인 어머니로부터 감각적이고 자유분방한 예술가 기질을 물려받았다.

　아버지가 사망하자 경제적으로 어려워진 가족은 뮌헨으로 이주했다. 토마스 만은 잠시 보험회사 견습사원으로 있다가 뮌헨 대학에서 청강하면서 문학의 길을 준비했다. 청년 시절 그의 사상 형성에 영향을 준 사람은 쇼펜하우어, 바그너, 니체였다. 토마스 만이 문학 활동을 시작한 1890년대 중반에는 자연주의가 그 한계를 드러내고 있었으며, 반합리주의적 문예사조인 신낭만주의와 인상주의, 상징주의가 득세하기 시작했다. 다시 말해 문화사 및 문학적 견지에서 볼 때, 토마스 만은 19세기의 전통적 문화 체제를 부인하고 새로운 혁신을 지향하는 20세기 문화의 발판인 '현대'라는 시대적 배경을 업고 있다.

서구 문예사조에서 19세기 말에서 20세기 초에 이르는 '세기 전환'의 문학을 한마디로 정의하기란 그리 쉬운 일이 아니다. 왜냐하면 여러 개별적 사조들이 다양하게 밀어닥쳤기 때문이다. 앞서 말한 신낭만주의·인상주의·신고전주의·상징주의뿐만 아니라 20세기 초반의 표현주의·현실주의·다다이즘 등도 예로 들 수 있다. 그렇다 하더라도 세기 전환의 이 시기에 굳이 공통된 요인을 찾는다면, 그것은 바로 전위적(아방가르드적) 실험 예술성을 들 수 있다.

독일 정치사에서 이 기간은 1890년의 비스마르크 퇴진 이후 1910년까지의 빌헬름 2세의 집정 시기, 즉

40대 초반의 토마스 만.

프랑스의 전쟁 보상금을 기반으로 우후죽순처럼 생겼다가 없어졌던 소위 포말회사 범람시대의 결과가 나타나는 빌헬름 시대에 속한다. 사회 경제적으로 보면 농업 사회에서 고도의 산업 사회로 변모하는 시기이다. 이러한 문명의 현대화는 시대를 반영하는 자연주의 문학을 일으키는 한편, 그 반작용으로 시대와는 거리를 취하는 상징주의 예술을 낳게 한다.

1910년에서 1925년에 걸친 표현주의는 문학이나 미술의 새로운 흐름일 뿐만 아니라, 모든 분야에서 야기된 일종의 위기감과 관련된 운동으로서의 성격을 지닌다. 그렇기 때문에 모든 전통을 일거에 부인했음에도 불구하고 거기에는 유럽 정신이 숨어 있다. 니체의 사상을 비롯하여 릴케의 문학 사상도 당시 젊은이들에게 큰 영향을 끼쳤으며, 러시아의 도스토에프스키와 톨스토이, 프랑스의 상징주의자 보들레르와 랭보, 그리고 미국의 휘트먼의 영향도 적지 않았다.

1914년에 발발한 제1차 세계대전은 어떤 의미에서 삶을 위한 문학을 지표로 삼는 표현주의 운동에 정당성을 부여했다. 같은 해 이미 『마의 산』을 쓰기 시작한 토마스 만은 전쟁 시작 일주일 후 형 하인리히 만에게 보내는 편지에서 "숙명적인 독일에 대하여 매우 깊은 공감을 품고 있다."라고 썼으며, '시국에 대한 개설'이라는 부제가 붙은 에세이 「프리드리히와 대동맹」을 발표함으로써 국수주의적·보수주의적 입장을 확연히 드러냈다. 물론 그로 인해 형과 불화를 겪게 되고, 그 유명한 '형제 논쟁'이 일어나기도 했다.

하지만 토마스 만은 전후의 대혼란 속에서 앞으로의 독일은 민주주의의 길을 걸어가야 한다고 확신하며, 논설이나 강연을 통해 이 생각을 대중에게 전파했다. 특히 1922년 6월 이상주의적 자유주의 정치가 라테나우가 유태인이라는 이유로 우익 과격파에게 암살당하는 사건이 발생하자 큰 충격을 받은 토마스 만은 수동적으로가 아니라 적극적으로 민주주의를 지키기 위해 노력해야 한다고 생각하게 되었다.

1933년 1월 힌덴부르크 대통령으로부터 히틀러가 정권을 넘겨받은 지 며칠 지나지 않아 토마스 만은 외국으로 떠났다. 히틀러 치하의 제3제국 시대에 많은 작가가 체포되고 제대로 작품 활동을 못하게 되자 다른 여러 작가와 마찬가지로 토마스 만도 망명길에 올랐던 것이다.

"나는 망명한 것이 아니라 그저 여행을 떠났습니다. 그런데 갑자기 내 자신이 망명객임을 알게 되었습니다."

그의 이 말처럼 그토록 오랜 기간 고국 독일을 떠나 있게 될 줄은 그 자신도 미처 알지 못했다. 그는 뮌헨 대학에서 「리하르트 바그너의 고뇌와 위대성」에 관해 강의한 다음 날 독일을 떠나 네덜란드, 벨기에, 프랑스를 거쳐 스위스의 취리히 호반에 거처를 정했다.

제2차 대전의 패전으로 인한 독일의 붕괴는 1차 대전 때와는 달리 철저하고도 파멸적이었다. 나치 시대 토마스 만의 저서는 독일 내에서 당연히 판매금지 대상이었으나 2차 대전 이후 판금에서 해제되었다. 그가 독일로 돌아왔을 때 일반 독자들은 환영했지만 동료 작가들의 태도는 결코 호의적이지 않았다. 망명조차도 제대로 할 수 없었던 사람들에게 토마스 만과 같은 망명 작가들은 비겁자 내지 겁쟁이로 보였기 때문이다. 그들은 1938년 미국으로 이주한 토마스 만이 2차 대전이 끝났는데도 고국 독일로 돌아오지 않자 "배신자"라며 비난을 퍼부었다.

그러나 1949년 토마스 만은 괴테 탄생 200주년 기념 강연을 위해 독일 땅을 밟았다. 고국을 떠난 지 16년 만이었다. 그는 과감하게 이데올로기에 구애됨이 없이 동서독의 두 도시를 오가면서 괴테의 인간성에 의한 민주주의의 재건을 호소하는 강연을 했다. 이듬해 1950년 75세의 토마스 만은 시카고 대학에서 강연하면서 자신의 솔직한 감정을 드러내면서 그의 작품 속에 흐르는 정신에 대해 다음과 같이 말했다.

나는 여태까지 인간성을 옹호하는 일 이외에는 결코 아무것도 하지 않았습니다. 또 하려고도 하지 않았습니다. 앞으로도 이 일 이외에는 아무것도 하지 않을 것입니다.

시대적 상황은 늘 굴곡이 있게 마련이다. 미국에서는 공화당 상원의원 매카시를 중심으로 한 광신적 마녀사냥이 일어났으며, 그 대상에 토마스 만도 포함되었다. 그래서 당시 토마스 만과 친교를 맺고 있던 그 유명한 찰리 채플린도 미국을 떠났고, 베르톨트 브레히트도 미국을 떠나 베를린으로 돌아갔다. 토마스 만도 뉴욕을 떠나 독일이 아닌 제3국 스위스에 안식처를 정하고 3년 후 1955년에 생을 마감했다.

토마스 만의 서사정신과 아이러니

태생적 이원성

토마스 만은 아버지가 가업으로 물려받은 대규모 곡물상을 경영한 덕분에 매우 유복한 유년 시절을 보냈다. 3남 2녀 중 둘째로 태어났으며, 세계적인 작가 하인리히 만(Heinrich Mann)이 바로 그의 형이다.

「한 비정치인의 고찰」서문에서 "나는 본질적으로 내 생애 초반 25년간이 속해 있는 세기, 즉 19세기의 아들"이라고 스스로 밝히고 있듯이, 토마스 만은 100년 이상을 뤼벡에서 정착해 살아왔던 부유하고 명망 있는 가문에서 태어났다. 아버지 토마스 요한 하인리히 만은 영국제 양복을 걸치고 러시아제 여송연을 즐기며 프랑스 소설을 원서로 읽는 교양 있는 신사요, 회사 일과 시 행정의 중책을 동시에 수행할 수 있는 근면하고 유능한 인물이었다. 이미 네덜란드 영사라는 직함을 가지고 있던 그는 토마스 만이 태어나고 2년 뒤에는 뤼벡 시의 참정의원으로 선출되는 영광도 누렸다(그 당시 참정의원은 소공화국

1885년경 10세 전후의 토마스 만. 왼쪽부터 형 하인리히 만, 토마스 만, 동생 카알라 만, 율리아 만.

뤼벡 시의 장관직에 속했다). 토마스 만은 1926년 뤼벡에서 행한 연설에서 아버지에 대해 이렇게 말하고 있다.

돌아가신 아버지는 모든 면에서 참으로 내 삶의 훌륭한 본보기가 되어주셨습니다. 살아가면서 문득문득 그런 사실을 확인할 때마다 놀라움을 금할 수 없습니다. 여기 이 도시에 살면서 여러 직무를 맡아 활동하시던 당시의 아버지의 모습을 지켜본 분이라면 오늘 제 연설을 들으면서 선친의 품위와 분별력, 명예심과 근면성, 인격과 고양된 정신, 서민들을 향한 온후한 자세, 그리고 사교적 재능과 유머를 기억하실지도 모르겠습니다. 아버지는 결코 단순하다거나 둔감한 분이 아니라 예민하고 열정

적이면서도 자제력을 갖추셨고, 일찍이 이곳 뤼벡에서 명망과 명예를 이룬 분입니다.

이 같은 아버지의 진지성과 분별성과는 대조적이었던 어머니도 그에게 미친 영향은 매우 컸다. 브라질에서 독일 태생의 농장주와 포르투갈 태생의 여인 사이에서 태어난 어머니 율리아 다 실바-브룬스는 다양한 취미와 음악적 재능을 지닌 무척 아름답고 열정적인 여자였다. 어머니가 돌아가신 지 7년후 토마스 만은 그의 자전적 에세이에서 어머니에 대해 다음과 같이 묘사하고 있다.

어머니는 매우 아름다웠으며 누가 봐도 금방 알아볼 정도로 스페인풍의 자태를 지니셨다. 그런 모습을 나는 후에 유명한 무용가들에게서 다시 발견할 수 있었다. 어머니는 남국 여인의 상아빛 피부와 잘생긴 콧날, 무척이나 매혹적인 입술을 지니고 있었다. (중략) 나는 어머니가 피아노 연주를 할 때 함께 있는 것을 좋아했다. (중략) 쇼팽 연습곡과 야상곡을 가장 빼어나게 연주하셨던 것으로 기억한다. 이런 상류풍의 낭만성에 대한 나의 뿌리 깊은 애정과, 고전적이며 낭만적인 피아노 음악에 대한 지식은 대부분 그 당시에 얻은 것이다. (중략) 어머니의 목소리는 나직하면서도 무척 곱고 사랑스러웠다. 어머니

토마스 만의 어머니 율리아
다 실바-브룬스와 아버지
토마스 요한 하인리히 만.

는 모차르트 · 베토벤 · 슈베르트 · 브람스 · 리스트를 거쳐 후
기 바그너파의 초기 작품들에 이르는 다양한 영역의 온갖 유
명한 곡들을 감상적이고 극적인 과장을 배제한 예술적 운율로
노래하곤 했다. 아마도 내가 독일 예술의 가장 찬란하다고 할
수 있는 이 분야에 지속적으로 친숙해질 수 있었던 것도 모두
어머니 덕분이다.

어머니가 들려주는 이야기는 어린 토마스 만의 상상력을
풍부하게 했다. 특히 어머니의 다양한 취미와 예술적 재능은
그에게 최초의 '교양 체험'을 가능하게 했다. 그래서 만은 스
스로를 "북쪽과 남쪽, 즉 독일적 요소와 이국적 요소의 혼합"
이라고 했다. 1930년에 쓴 에세이에서 부모로부터 물려받은
성격에 대해 이렇게 표현하고 있다.

괴테가 말한 저 유명한 시구를 떠올리면서, 나 역시 삶에 대한 진지한 태도는 아버지로부터 물려받았고, 예술적이고 감성적인 경향의 낙천적인 천성, 이를테면 이야기를 지어내려는 욕구는 어머니에게서 물려받았다.

이처럼 토마스 만의 자서전이나 일기, 약력 등에서 알 수 있듯이 그는 부계로부터는 독일 시민계급의 경건하고 엄격한 도덕률을, 모계로부터는 섬세한 예술가적 기질을 물려받았다. 이것이 바로 '시민성'과 '예술성'으로 일컬어지는 그의 이원성의 원천이며 그는 니체가 말하는 아폴로적인 것과 디오니소스적인 것의 모순을 안고 태어났다고 할 수 있다.

정신의 3연성, 쇼펜하우어 · 바그너 · 니체

토마스 만에게 영향을 준 작가로는 폴 부르제(Paul Bourget), 쇼펜하우어, 니체, 톨스토이, 괴테 등 이루 다 열거할 수 없다. 그중에서도 특히 토마스 만 스스로 3연성(三連星)이라 일컬었던 쇼펜하우어, 바그너, 니체가 그에게 끼친 영향은 지대하다.

토마스 만의 전기 작가인 로만 카르스트는 "그들은 토마스 만이 가는 길에 처음부터 함께했으며, 수많은 정신적 변전(變轉)을 겪는 동안에도 내내 그를 따라다녔다. 그러므로 그들을 빼놓고는 토마스 만 산문의 변형과 특수성을 파악하기 어렵다"라고 말했다.

토마스 만은「한 비정치인의 고찰」에서 다음과 같이 고백하고 있다.

나 자신의 정신적·예술적 교양의 기초를 자문해볼 때 내가 반드시 거명해야 할 세 이름, 강렬한 빛을 발하며 독일의 하늘에 나타난 영원히 결합된 정신의 세 연성, 즉 단지 친숙한 독일적 사건이 아닌 유럽적 사건을 나타내는 그 이름은 쇼펜하우어, 니체, 바그너이다.

3연성 중 먼저 쇼펜하우어에 대해 살펴보자. 토마스 만은 1938년「쇼펜하우어」란 에세이에서 "쇼펜하우어의 철학은 항상 뛰어나게 예술적인 것으로 인정받았으며, 정말 탁월한 예술가 철학으로 받아들여져 왔다"고 말하고 있다. 그것은 그의 철학이 아주 높은 수준의 예술 철학이라거나 그 철학의 구성이 완벽한 명료성·투명성·완결성을 갖고 있기 때문이 아니라, 필연적이고 천부적인 미(美)의 표현은 오로지 본질에 대한 것이며, 본능과 정신, 욕정과 구제라는 격렬한 대립자들 사이에서 작용하고 있는, 단적으로 말해 역동적인 예술가적 본성의 표현이기 때문이다.

토마스 만에 따르면, 예술가란 가상의 세계 즉 모상(模像)들의 세계에 집착해 있는 것처럼 느껴지지만, 바로 그렇기 때문에 동시에 스스로 이념의 세계, 정신의 세계에 속해 있음을 알고, 이념을 위해 가상들을 관통해 들여다볼 줄 아는 마법사와 같은 자이다. 여기서 예술가의 중재적인 과제, 즉 상부 세계와 하부 세계, 이념과 현상, 정신과 감각을 중개하는 자로서의 비의적(秘儀的)이고도 마적(魔的)인 역할이 부각된다. 왜냐하면 사실 이것은 예술의 우주적 지위이기 때문이다. 토마스 만은 쇼펜하우어의 작품에 대해 논하면서 이렇게 말하고 있다.

> 쇼펜하우어는 매우 음악적이다. 나는 자주 그의 작품을 4악장으로 구성된 교향곡이라고 부른다. 그는 '예술의 대상'에 바친 그의 세 번째 장에서 다른 어떤 사상가 이상으로 음악에 찬사를 보냈다. 그는 음악에 대해 다른 예술과 동등한 위치가 아닌, 음악만의 특별한 자리를 마련해주는데, 그것은 음악이 다른 예술처럼 현상의 모사가 아니라 바로 의지 자체의 직접적 모사이기 때문이며, 또한 음악은 세상의 모든 물리적인 것에 대해 형이상학적이며, 모든 현상에 대한 '물 자체(Ding an sich)'를 표현하기 때문이다.

쇼펜하우어의 철학은 한마디로 "정신과 관능 사이의 거대한 긴장에서 탄생한 음악적·논리적 사상 체계로서의 죽음의 에로틱"으로 정의될 수 있으며, 이 때 에로틱은 정신과 관능 사이의 긴장의 결과로 튀어 오르는 불꽃이다.

이와 같이 생을 부정하고 무(無)를 긍정하는 쇼펜하우어의 영향은 특히 토마스 만의 초기 장편 『부덴브로크가의 사람들』에서 결정적으로 드러난다. 토마스 만은 쇼펜하우어를 처음 만났을 때 그것은 엄청난 충격이었다고 「한 비정치인의 고찰」에서 술회하고 있다.

> 교외의 높은 곳에 있는 한 칸 방이 내 눈앞에 떠오르는데, 그 방 안에서 나는 긴 팔걸이의자 같기도 하고 긴 안락의자 같기도 한 묘하게 생긴 의자 위에 누워서 며칠 동안 『의지와 표상에로의 세계』를 읽었다. (중략) 그런 독서 체험은 일생에 두 번 다시 오지 않는 것이다.

그뿐 아니라 토마스 만은 쇼펜하우어의 철학이 평생 잊지 못할 최고의 영적 체험에 속한다고 고백했다. 쇼펜하우어의 염세주의와 심미주의가 청년 토마스 만에게 영향을 주었던 것은 무엇보다도 의지로부터의 구원, 즉 본능과 격정의 힘으로부터의 구원은 오로지 예술 영역에서만 가능하다는 생각이었다. 특히『마의 산』과 관련하여 토마스 만은 삶과 죽음에 대해 이렇게 말하고 있다.

> 나는『마의 산』에서 '생에 관심을 갖는 자는 특히 죽음에 대해서도 관심을 갖는다'고 언급한 바 있다. 이는 깊이 각인된, 내 전 생애를 통해 영향력을 미쳐온 쇼펜하우어의 흔적이다. 그리고 '죽음에 대해 관심을 갖는 자는 죽음 속에서 생을 찾는다'고 덧붙여 말했다면 그것 또한 쇼펜하우어적인 표현일 것이다.

한편 토마스 만은 정신에 의한 삶의 부정이라는 자세를 일깨워준 쇼펜하우어와는 달리, 니체로부터는 정신을 부정하고 삶을 긍정하는 자세를 배웠다. 토마스 만의 다음 말에서 삶에 관한 한 니체에게서 얼마나 큰 영향을 받았는지 알 수 있다.

"만약 내가 니체에게서 정신적으로 물려받은 것을 한마디로 표현해야 한다면, 그것은 오직 삶의 이념뿐이다."

토마스 만은 자신의 초기 몇몇 작품 속에 "니체에게서 받은 정신적·양식적인 영향"이 들어 있다고 고백하고 있다. 근본적으로 자신이 사랑하는 것은 오직 삶뿐이라고 말하는 니체는 삶의 철학자이고, 그래서 그의 모든 사고는 삶에 집중되어 있다. 이와 같이 니체는 삶을 밖으로 표출해내는 최고의 표현 가능성을 예술에서 찾고 있으며, "예술이 인간적 의미에서 삶의 최고의 과제이고 본질적으로 형이상학적 행위임을 확신"하고 있다.

니체가 말하는 삶과 예술을 이해하기 위해서는 그의 사상 전반을 상징적으로 나타내는 두 개념, 다시 말해서 디오니소스적인 것과 아폴로적인 것에 대한 이해가 뒤따라야 하는데, 여기서는 니체의 함축적인 말로 그 개념을 이해하려고 한다.

'디오니소스적'이라는 말로 표현될 수 있는 것은 다음과 같다. 그것은 합일에의 충동이며, 개인·일상·사회·현실 등을 넘어서는 것, 즉 어둡고 무언가로 가득 차 있으며 부유하는 상태로의 팽창이며 삶의 총체적 성격에 대한 황홀한 긍정이다.

'아폴로적'인 것은 우리를 디오니소스적 보편성으로부터 구해내어 우리로 하여금 개체들에 대해 감격하게 만든다. 아폴로적인 것은 우리의 끓어오르는 동정심을 이들 개체에 고정시키고, 이를 통해 위대하고 숭고한 형식을 갈망하는 미적 의식을 만족시킨다. 그것은 우리에게 삶의 모습들을 보여주어, 그 속에 내포되어 있는 삶의 핵심을 사상적으로 파악하게끔 자극한다. 아폴로적인 것은 형상, 개념, 윤리적 교훈, 동정심 등의 엄청난 힘으로 인간을 격정적인 자기 파괴로부터 끌어올려 준다.

이와 같은 두 가지 충동, 즉 디오니소스적 요소와 아폴로적 요소가 모든 예술 행위에서 서로 대립하거나 갈등하는 가운데 다양한 형태로 나타난다. 그러나 어느 한쪽 요소가 일방적으로 나타나는 것이 아니라 두 요소가 은밀한 내적 결합으로 나타난다. 다시 말해서 "디오니소스가 아폴로의 말을 하고, 종국에는 아폴로가 디오니소스의 말을 한다. 그렇게 함으로써 비극과 예술의 최고 목표가 달성된다."

토마스 만은 니체를 평가하기를, 무엇보다도 위대한 비평가이고, 문화 철학자이자 쇼펜하우어학파를 계승한 유럽적 산문가이며, 또한 가장 품격 있는 에세이스트요, "니체 철학은 쇼펜하우어 철학만큼이나 완벽하게 조직된 아주 훌륭한 체계"라고 말했다.

토마스 만이 생각하기에, 니체는 정신사가 알고 있는 인물 중에서 가장 완벽하고도 가장 구제불능인 심미주의자이다. 디오니소스적 염세주의를 자체 내에 함축하고 있는 그의 전제들―삶이란 오로지 심미적 현상으로서만 정당화될 수 있다는 전제들―은 니체 자신의 삶과 그의 사고 및 문학작품과도 한 치의 어긋남이 없이 정확히 일치한다. 삶은 심미적 현상으로서만 정당화될 수 있고 이해 가능하고 존중받을 수 있으며, 그렇게 함으로써 삶은 최종 순간의 자기 신비화에 이르기까지 철저히 의식되어진다. 이 같은 삶이야말로 광기에 빠질 만큼 철저한 예술가적 표현인 것이다.

토마스 만은 「약력」에서 니체를 비판적 관점에서 수용하고 있음을 명확하게 보여주며, 니체의 삶의 이념에 동화할 유일한 가능성인 아이러니에 대한 단초를 제시하고 있다.

> 나는 니체에게서 무엇보다 자기 초극자의 모습을 보았다. (중략) 그의 힘의 철학과 '금발의 야수'가 나에게 무엇이었던가? 그것은 거의 당혹이었다. 그의 정신을 대가로 한 '삶'의 찬양, 독일인의 사고 속에서 위험한 결과를 초래한 저 서정시, 그것을 나에게 동화시킬 단 하나의 가능성은 아이러니에 있었다. 내 청년기 문학에서도 '금발의 야수'가 나타나는 것은 사실이지만, 그런 야수적인 성격에서는 상당히 벗어나 있었다. (중략) 니체가 내 안에서 겪은 인격적 변신이란 아마도 시민화를 의미했을 것이기 때문이다.

여기서 토마스 만은 니체의 생동적이고 마적인 열정에 감탄하며, 몰락으로 치닫는 유럽 사회의 시대적 분위기에 대한 니체의 예리한 분석에 공감하는 한편, 그의 단순한 르네상스적 취미나 초인 숭배, 피와 미가 뒤섞인 호언장담에 대해서는 끝끝내 미심쩍은 태도를 취하고 있다. 또한 그는, 니체의 삶의 개념을 독일의 전통적인 시민계급의 윤리적이고 규범적인 삶과 결부시켜 생각함으로써 삶의 개념을 평이하게 완화시켰다. 그래서 토마스 만의 삶의 개념은 시민성과 같은 맥락을 갖게 된다. 그리고 토마스 만은 '정신을 대가로 하는 삶의 찬양'에 동화할 유일한 가능성으로서 아이러니를 채택하며, 그 아이러니를 윤리적 태도 즉 정신적이고 미학적인 관점으로 공식화했다.

토마스 만은 니체의 삶의 이념에서 삶은 정신이나 이상 또는 도덕보다도 우위에 있음을 배웠지만, 니체의 절대적인 삶의 긍정을 단순하게 차용하지 않고 어느 정도 '거리'를 두고 있다. 니체에 대한 토마스 만의 이와 같은 유보적 태도는 자발적인 체험을 통해서가 아니라 아이러니적인 굴절을 통해 특징지어진다.

그렇다면 3연성 중 마지막으로 바그너의 음악이 토마스 만에게 미친 영향은 어떤 것이었을까?

토마스 만의 고백에 따르면, 아주 중요한 시기에 니체의 정열적이고도 회의적인 비판 의식과 더불어 예술과 예술가 기질에 대한 그의 모든 근본 개념을 각인시켜준 것은 바로 바그너의 음악이었다. 예술 영역에서 음악을 가장 높이 평가한 쇼펜하우어에게서 자신의 음악 이론을 차용한 바그너의 음악에 대해 토마스 만은 이렇게 말하고 있다.

"바그너의 음악은 우리 시대로부터 무언가를 이해하고자

한다면 반드시 체험하고 인식해야 할 현대 예술이다."

또한 에세이 「바그너의 예술에 관하여」에서 토마스 만은 자신이 얼마나 바그너에게서 많은 영향을 받았는지 고백하고 있다.

나는 일찍이 이 세상의 어느 것도 바그너의 작품만큼 그렇게 내 젊은 시절의 예술적 충동을 강렬하게 자극했던 것은 없다. 바그너의 작품은 언제나 새로이 질투심이 일어날 정도로 사랑에 빠지고 싶은 열망으로 나를 가득 채워주었다고 고백한 적도 있다. 오랫동안 바이로이트의 거장 바그너의 명성은 나의 모든 예술적 사고(思考)와 행위 위에 우뚝 서 있었다. 또한 오랫동안 나의 모든 예술적 동경과 소망은 이 전능한 이름으로 귀결되는 듯했다.

다른 한편으로는 "내 청년기의 바그너에 대한 열광은 위대한 시인이나 작가들에게 바쳤던 저 신뢰에 찬 헌신적인 태도와는 결코 같은 성격이 아니었다."라고 다소 비판적인 입장을 취하기도 했다. 제2차 세계대전의 전운이 감도는 1940년 당시 『코먼센스』지 발행인에게 보내는 「바그너를 변호하며」라는 편지에서 토마스 만은 바그너 음악이 자아내는 열광과 장엄한 감정 등의 위험성을 경고하고 있다.

저는 바그너의 수상쩍은 '문학'에서만 나치적 요소를 발견하는 것은 아닙니다. 저는 그의 '음악'에서도, 그리고 고상한 의미에서 사용하고는 있지만 그의 수상쩍은 예술 작품에서도 마찬가지로 나치적 요소를 발견합니다. 비록 제가 그것을 그토록 사랑했음에도 불구하고 이 관련 세계에서 흘러나오는 어떤 닳아빠진 음향이 우연히 귓가에 울려올라치면 오늘날까지도 저는 전율에 몸을 떨며 그 음향에 귀를 기울일 정도입니다.

토마스 만이 바그너에게서 받은 영향을 얘기할 때 니체 없이 생각할 수 없는 것처럼, 토마스 만은 니체의 바그너관(觀)을 수용하여, 바그너 예술이 지닌 도취적인 위험성에 대해 비판적 태도를 취했다. 왜냐하면 니체는 바그너의 예술을 가리켜 병적이고 신경과민적이며 과도한 흥분과 예민한 감수성을 자극하는 마약과도 같은 것이라고 비판했기 때문이다.

토마스 만에게 음악에의 도취는 곧 죽음에의 동경이다. 이는 바그너의 음악에서 받은 영향으로, 그는 바그너 음악을 몰락과 죽음에의 동경으로 가득한 예술로 보았다. 따라서 토마스 만은 『부덴브로크가의 사람들』에 바그너 음악을 등장시켜, 범속한 상인이 속하고 있는 시민적 삶에 예술가적 기질이 출현하게 되는 정신화의 과정을 중개하는 매개자의 역할을 부여하고 있다. 그래서 바그너에 대해 토마스 만이 보여준 태도는 니체에 대해 보여준 태도와 똑같은 '양면감정 병존성'

이었다. 다시 말해서 「바그너의 예술에 관하여」에 나오는 표현대로라면 한마디로 토마스 만의 바그너관(觀)은 "경탄과 혐오의 혼합"이었다.

> 나의 예술적 행운과 예술 인식이 바그너 덕분이라는 사실은 결코 잊을 수 없는 것이다. 비록 내가 바그너와 정신적으로 그토록 먼 거리에 있다 할지라도.

이렇듯 토마스 만 자신도 바그너의 작품이 그의 모든 예술과 예술성의 기본 개념을 각인시켜주었다고 말하고 있다. 하지만 다음과 같은 고백에서는 바그너에 대한 이의적이고 양면감정 병존적 입장이 분명하게 드러난다.

> 그는 정신과 성격에서는 의심스러워 보였다. 즉, 비록 품위라든가 그 영향의 순수성과 건강함에 관련해서는 매우 의심스럽기도 하지만, 예술가로서의 바그너는 도저히 거역할 수 없는 것처럼 보였다.

토마스 만은 20대 초반 쇼펜하우어·바그너·니체 등 소위 3연성의 영향권에 들게 되어 예술의 고귀한 영원성과 그 부도덕적 위험성을 동시에 통찰하게 되었으며, 삶을 바라보는 그의 시선 역시 경멸과 동경으로 뒤섞인 '양면감정 병존성'을 지니게 되었다. 출생의 이원성에다 소위 3연성의 미학과 철학이 지닌 이원성을 배경으로 하여 나오기 시작한 그의 초기 작품들은 대부분 시민계급의 건전한 도덕률로부터 이반하여 세기말의 병적인 예술가 기질을 몸에 담은 주인공들의 고뇌를 그리고 있다. 토마스 만의 초기 작품에서 가장 두드러지게 나타나는 것은 시대상의 반영과 더불어 삶과 정신, 생과 죽음, 시민과 예술가, 관능과 정신 등의 이원적인 대립이다.

서사적 아이러니

18세기 시민계급의 번창과 더불어 소설이 서사 문학의 새로운 장르로 부상하여, 19세기 중반 이후 소설의 시대라고 일컬을 정도로 소설은 창작과 수용이란 양 측면에서 문학의 중심 장르로 빠른 발돋움을 했다. 그러나 이런 실상과는 달리 소설과 소설 장르에 대한 정당한 이론적 고찰은 거의 찾아볼 수 없을 정도였다. 19세기의 시학에서 소설 장르는 대체로 고대 서사시나 서정시, 드라마에 대비되어 잡종 장르 또는 저급한 장르로 간주되었다.[1] 헤겔은 자신의 미학에 소설 장르를 독자적으로 취급할 수 있는 공간을 마련했지만, 그 역시 고대 그리스 서사시와 대립시켜 소설을 "시민계급의 현대적 서사시"라고 정의하는 한계성을 면치 못했다.

이런 상황하에서도 소설 장르는 "근대 시민사회에 적합한 문학적 표현"이라는 루카치의 주장은 적어도 독일 소설 시학에 일대 전환점을 마련한 것이라고 할 수 있다. 루카치는 그의 초기 저작 『소설의 이론』(1916)에서 소설을 가리켜 "삶의 포괄적 총체성이 더 이상 인지될 수 없는 시대의 서사시"라고 규정함으로써, 여전히 헤겔적 관념에 머물러 있긴 하지만 소설에 독자적인 존재 의의를 부여하기 위해 서사시와 소설의 본질적 차이점을 명확히 했다. 다시 말해서 서사시에서는 그 자체로서 완결된 삶의 총체성이 문제인 것에 반해 소설의 임무는 인물과 사건의 창조를 통해 삶의 숨겨진 총체성을 발견해내고 그것을 완성해나가는 것이라고 규정하고 있다.

19세기 후반 독일 작가들은 괴테와 실러의 고전주의적 이상이 무너진 시대, 즉 삶의 포괄적 총체성이 더 이상 인지될 수 없는 시대를 산 작가들이었다. 때문에 그들의 최대 고뇌는 그들의 찬연한 문화유산인 칸트·괴테 시대의 독일 관념론 철학 내지 독일 고전주의적 이상과, 그들 시대의 각박한 현실과의 갈등 속에서 그들 나름의 새로운 인생의 총체성을 어디서 어떻게 찾느냐 하는 것이었다. 루카치에 의하면, 이러한 고전주의적 교양 이상을 최후까지 견지하는 동시에 더 이상 서사시가 아닌 미래지향적 서사문학으로서의 소설이어야 한다는 루카치적 요구를 독일 소설사에서 구체적으로 실현한 위대한 작가가 바로 토마스 만이었다.

토마스 만은 「소설예술」에서 단테의 『신곡』, 호머의 『오디세이』, 세르반테스의 『돈키호테』 등을 예로 들어 "서사시와 소설 간의 이론적·미학적 등급의 차이가 완전히 지양된" 서사문학 일반을 논하면서 다음과 같이 말했다.

"노래든 이야기든, 운문으로 씌어졌건 산문으로 씌어졌건 간에 그 통일성과 독자성에서 구현되는 영원히 서사적인 것 자체만이 문제가 된다."

그리하여 토마스 만은 독일에서 150여 년간 견지되어오던 서사시와 소설의 적대적 형제 개념을 타파하고 친화적 동일 개념으로 승화시켰다. 이것은 독일 소설이 총체성의 추구라는 전통적 서사시적 요청을 계승하는 한편 새로운 모습으로 탈바꿈한 것을 의미한다.

루카치의 말대로 토마스 만이 19세기의 독일 산문문학을 이어받아 20세기 초반에 독일 문학을 세계적 수준으로 끌어올렸다면, 그것은 일생 동안 그의 테마였던 생과 정신의 문제와, 그 주제를 그림자처럼 따라 다녔던 투철한 산문 정신 즉 그의 산문 특유의 아이러니가 있었기에 가능한 것이었다. 물론 여기서 말하는 아이러니란, 단순한 기법에 그치는 것이 아니라 토마스 만 문학의 내용적 특성과 깊은 연관성을 지니고 있는 것이다.

토마스 만은 아이러니에 대해 수많은 정의를 내렸지만, 그때마다 아이러니의 개념이나 아이러니에 대한 태도가 언제나 일정한 것은 아니었다. 「괴테와 톨스토이」에서는 아이러니란 "세상에서 비할 바 없이 심오하고 매혹적인 것"이라고 말하고, 「유머와 아이러니」에서는 "아이러니보다 유머를 더 높이 평가"하기도 했다. 토마스 만 전문가 에리히 헬러는 토마스 만의 아이러니를 가리켜 "아주 복잡한 단어"라는 한마디 말로 압축한 바도 있다. 앞서도 언급했지만 토마스 만의 아이러니는 삶과 정신, 시민성과 예술성이라는 상반된 두 요소를 전제로 하며, 아울러 이 두 요소의 내적 대립을 포함하고 있다. 그러나 그의 아이러니는 상반된 요소의 단순한 대립만을 의미하지는 않는다. 또한 토마스 만의 아이러니는 "생과 정신의 세계관적·예술론적 대립 개념"으로 파악될 수 있는 것으로 그 내적 대립을 결코 소홀히 할 수 없다. 이와 같은 대립으로부터 필연적으로 "곤경"이 나타나게 되는데, "곤경"으로부터 일종의 "우월성"을 도출해내는 것이 토마스 만의 아이러니라고 할 수 있다.

예술가에게 창작이란 이미 인간적인 것과의 거리를 전제로 한 것이기 때문에 예술가가 인간이 되어 느끼게 되면 예술가로서의 기능은 소멸되고 만다. 니체가 아폴로적인 것이라고 특징지은 삶에 대한 이러한 심미적인 거리는 예술가가 어떤 대상을 묘사하기 위해서는 그 대상에 휩쓸리지 않고 객관적 자세를 유지해야 한다는 것이며, 이를 위해서는 어느 정도 거리를 유지한 채 대상을 관찰해야 한다. 그래서 삶과 그 삶을 비판하는 예술가의 정신에는 거리와 에로스라는 전혀 다른 요소가 동시에 작용한다. 즉, 삶과 정신 등 모든 이원적 요소가 서로 반발하기도 하고 끌어당기기도 하면서 어느 한쪽으로 치우침이 없는, 그런 양극단에 대한 자기 유지 및 자기 억제가 바로 토마스 만의 아이러니이다.

다시 말해서 삶과 정신은 서로 대립적인 성질의 것이지만, 그 양극성이 첨예화되지 않도록 삶과 정신 사이의 대립에 중재자적 입장을 취하는 것이 토마스 만의 아이러니가 갖는 근본 자세이다. 왜냐하면 "아이러니는 언제나 양쪽에 대한 아이러니이며, 아이러니는 삶과 정신 양쪽으로 향해 있고", 양쪽에 대해 거리를 취하기 때문이다. 즉, "아이러니는 중립의 파토스이다. 또한 중립은 아이러니의 도덕이며 윤리이다."

토마스 만에 의하면, 예술가는 그 속성상 삶과 정신을 완전히 하나로 융합시킨다는 것은 불가능하므로 양자가 서로 조화로운 병존 관계를 유지하도록 해야 한다. 그 까닭은 삶과 정신의 관계는 에로틱하기 때문이다.

삶도 역시 정신을 갈구한다. 성적(性的) 양극성이 명백하지 않다 하더라도, 즉 하나는 남성 원리로, 다른 하나는 여성 원리로 기술되지 않는다 하더라도 그 두 세계의 관계는 에로틱하다. 그것이 삶과 정신이다. 그 때문에 삶과 정신 사이에는 합일이 없고, 다만 합일과 타협의 도취된 짧은 환상만이 있다. 즉, 해결책이 없는 영원한 긴장만 있는 것이다.

삶과 정신의 관계가 에로틱하다는 말은 결코 한편은 남성적이고 다른 한편은 여성적일 수 있는 성적 양극성 위에서 에로틱한 것이 아니라, 합일이 없고 영원한 긴장만 있는 내적 대립의 의미로서 에로틱한 것이다.

"곤경"으로부터 일종의 "우월성"을 도출해내는 아이러니에 대해 토마스 만 스스로도 수많은 정의를 내리는데, 이는 그가 얼마나 아이러니에 대해 각별한 애정을 가졌는가를 여실히 보여준다. 이 말은 아이러니컬하게도 아이러니에 대해 한마디로 정의하는 일이 거의 불가능하다는 것을 암시하기도 한다. 아이러니를 정의하기 위한 그의 노력은 이제 거리, 객관성, 그리고 유보까지도 언급하기에 이르는데, 이에 대해 토마스 만은 「소설예술」에서 다음과 같이 말하고 있다.

서사 예술은 사물에 대하여 거리를 취하며, 그것의 본성상 사물에 거리를 갖는다. 서사 예술은 사물 위에 부유하면서 사물을 내려다보고 미소 짓는다. 동시에 그것은 귀를 기울이고 있는 청중이나 독자를 이들 사물 속에 걸려들게 해서 옭아매는 것이다. 서사 예술을 미학적 용어로 표현한다면 아폴로적 예술이라 할 수 있다. 밀리 떨어져 있는 과녁을 쏘아 맞히는 아폴로 신야말로 먼 곳의 신, 거리의 신, 객관성의 신, 즉 아이러니의 신이기 때문이다. 객관성이란 아이러니이며, 서사적 예술 정신은 아이러니의 정신이다.

위 글에서 서사 예술이 서술의 대상에 대하여 일단 거리를 취한다는 것은 그 대상을 일의적(一義的)인 것으로 규정하지 않고 다의적(多義的)으로 보려 한다는 것을 의미한다. 이것은 토마스 만의 아이러니의 중대한 특성으로, 그의 문장이 단순한 사실성에 그치지 않고 상징성을 띠게 되는 이유이기도 하다. 나아가서는 그의 작품 전체가 생의 한 단면을 묘사하는 것이 아니라 복잡한 관련성 속에 얽혀 있는 인생의 총체성을 제시하게 되는 이유이기도 하다.

객관성이 곧 아이러니라는 표현은 낭만주의적 아이러니의 주관성과 서로 배치되는 감이 없지 않다. 토마스 만 스스로도 밝혔듯이, 아이러니는 객관성의 반대이자 최고의 주관적 태도이며, 또한 아이러니는 모든 고전주의적 고요와, 객관적인 것을 그 적으로 대치시키고 있는 낭만주의 특유의 자유분방한 생활 태도의 요소이기 때문이다. 그러나 여기서 토마스 만이 생각하는 아이러니란, 비록 낭만주의의 주관성에서 아이러니라는 용어를 차용했지만 낭만주의적 아이러니보다 훨씬 더 광범위한 개념의 아이러니로서 대상 자체의 사실적 관찰(소위 객관적 묘사)보다 한 차원 더 높이 올라선 포괄적·조감적 시점의 확보를 뜻한다.

그래서 토마스 만은 객관성의 의미를 그답게 부연 설명하면서 아이러니를 이렇게 규정하고 있다.

"그것은 엄청난 느긋함을 지닌 의미입니다. 즉, 그것은 예술 자체의 의미라고 할 수 있는 것입니다. 이러한 의미의 아이러니란 모든 것의 긍정인 동시에 또한 모든 것의 부정입니다. 그것은 태양처럼 밝고 맑게 전체를 감싸주는 시점이고, 진정한 예술의 시점이며, 최고의 자유와 안정을 주면서 어떠한 도덕주의에 의해서도 흐려지지 않는 객관성의 시점입니다."

또한 괴테의 시점도 이러한 것이라고 말하면서 아이러니에 대한 괴테의 잊을 수 없는 명언을 소개하고 있다.

"아이러니는 소금 알갱이이다. 이것을 통해 비로소 상에 오른 음식이 모두 먹을 만하게 된다."

토마스 만은 또 아이러니를 "유보, 미결정 또는 우유부단"이라고 정의했다.

단호한 태도는 아름답다. 그러나 실질적으로 성과가 있고 생산적이며 예술적인 원리를 우리는 유보라고 한다. (중략) 우리는 정신 활동으로서의 유보를 아이러니로서 애호한다. 양쪽으로 향해 있는 아이러니, 그것은 비록 진심이 없는 것은 아니지만 교활하며 구속받지 않고 대립 사이를 유희하며, 또한 편들어 결정을 내리는 데 특별히 서두르지도 않는다. (중략) 목표는 결정이 아니라 조화이다. 대립이 영원하다면 그 조화는 무한대에 있을 수 있겠지만, 그러나 아이러니라고 불리는 저 유희하는 유보는 그 조화를 자기 내부에 지니고 있는 것이다. 마치 비난이 그 해결을 자기 내부에 지니고 있는 것처럼.

『마의 산』에서는 세템브리니와 나프타 두 사람 모두에 대해 계속 유보적 입장을 취하는 주인공 한스 카스토르프의 태도가 아이러니적인 것이라 할 수 있다. 그래서 유보로서의 아이러니는 미결정된 긍정, 그리고 미결정된 부정으로 나타난다. 다른 말로 표현하자면, 아이러니에서의 부정은 동시에 지양된 긍정으로 간주되며, 아이러니에서의 긍정은 지양된 부정으로 간주되는 것이다. 여기에서 "아이러니는 중립의 파토스"라는 말이 이해가 된다. 특히 「트리스탄」에서 아이러니는 삶과 정신의 양극적 모순 갈등으로부터 "거리"를 두어 "정신과 삶 사이의 어려운 중립"을 얻고 있으며, 아폴로적 혜안을 가지고 원거리에서의 완전한 자유를 누리고 있다.

마지막으로 아이러니에 대해서 간과해서는 안 될 것은 바로 아이러니와 유머의 포괄적인 개념 정의이다. 왜냐하면 문학사적 맥락으로 볼 때 아이러니보다는 유머가 주로 문제가 되었기 때문이다. 그러나 여기서는 유머의 간단한 인용만으로 토마스 만에게 유머는 아이러니 못지않게 중요하다는 점을 강조해두고자 한다.

> 내 생각에 아이러니는 독자나 듣는 이에게 모종의 지적 미소라고 말하고 싶은 그런 미소를 불러일으키는 예술 정신인 것 같다. 반면에 유머는 내가 예술의 효과로서 개인적으로 더 높이 평가하고 또 내 작품들의 효과로서 아이러니를 통해 생성되는 에라스무스적인 미소보다 더 기꺼이 반기는, 마음으로부터 솟구치는 웃음을 보여준다.

토마스 만은 유머적인 것을 서사적인 것과 동일시했으며, 유머 작가로 불리기를 원했다. 자신의 작품 중에서 유머적인 요소를 입증하는 데는 별 어려움이 없다고 하면서 『요셉과 그 형제들』과 『사기꾼 펠릭스 크룰의 고백』의 야곱과 크룰의 고백을 그 예로 들고 있다. 또한 토마스 만은 유머적인 방식을 아이러니적 방식과 거의 동일시하는 한편으로 "아이러니는 품위와 정신 면에서 유머를 능가"한다는 상반된 발언을 하기도 했다.

그래서 토마스 만의 작품을 고찰할 때는 그의 아이러니 개념의 파악이 반드시 선행되어야 한다. 그러나 후기 작품으로 넘어갈수록 아이러니보다는 유머 쪽으로 더 가까워지고 있는데, 이는 그의 작가적 성숙이 점점 괴테에게로 접근함을 통해 이루어지고 있음을 보여주는 증거라고 볼 수 있다.

토마스 만의 삶과 작품 세계

　토마스 만의 작품 세계의 중요한 본질을 한마디로 얘기하
자면, 생과 예술의 갈등이며 이는 이원성의 문제로 규정할 수
있다. 다만 삶과 정신, 자연과 정신, 관능과 지성, 개체성과
일반성 등으로 표현할 수 있는 이원성의 갈등과, 그 극복 방
식이 토마스 만의 전 작품에서 상이하게 나타날 뿐이다. 그러
나 토마스 만은 장편소설만 8편이 있을 정도로 엄청난 양의
작품을 썼기 때문에 그의 생애를 추적하면서 그의 전 작품을
논하는 작업은 어느 정도 단순화의 위험을 노정할 수 밖에 없
다. 그럼에도 토마스 만의 작품 세계를 알아보기 위해서는 그
의 창작 시기를 크게 다섯 단계로 나누고, 각각의 단계에『부
덴브로크가의 사람들』(1901),『마의 산』(1924),『요셉과 그 형

제들』(1943), 『파우스트 박사』(1947), 『사기꾼 펠릭스 크룰의 고백, 회상의 제1부』(1954) 등 장편소설들을 대입시키고 또 그 작품들의 형성 배경을 알아본다면, 어느 정도 객관적인 시각에서 토마스 만의 작품 세계를 조망해볼 수 있을 것이다.

1893~1914년: 예술성과 시민성의 갈등

토마스 만이 문학 활동을 시작할 무렵은 자연주의의 쇠퇴와 더불어 비합리적 물결이 쇄도하는 세기 전환기였다. 따라서 세기말적 종말 의식과 몰락감이 당시의 어두운 분위기를 조성하고 있었다. 데카당스라는 말로 집약되는 토마스 만의 초기 예술적 경향에는 예외 없이 삶과 죽음의 문제가 드러난다.

토마스 만은 학창 시절의 대부분을 세기말의 암울한 데카당스적 분위기 속에서 보냈다. 1882년 초등학교에 입학한 이래 학창 시절에 대한 그의 추억은 좋은 편이 아니었다. 그는 권위적인 학교 운영자의 매너리즘을 비판했으며, 그들의 정신과 훈육, 수업 방법에 대해 반대 입장을 취했다.

1891년 토마스 만이 16세 되던 해 아버지가 사망하고 가업인 곡물상마저 파산하자, 어머니 율리아는 집을 팔고 다른 곳으로 떠날 채비를 했다. 마흔이 채 안 된 나이였지만 어머니는 재혼은 생각도 않고 오직 아이들에 대한 걱정으로 가득했다. 그러나 남편이 죽고 옛집마저 사라지고 나자 점점 더 답답하게 느껴지는 뤼벡보다 탁 트인 자유로운 분위기 속에서 살고 싶어 했다. 이듬해 어머니 율리아는 뮌헨으로 떠났으나, 토마스 만은 고등학교를 마치기 위해 뤼벡에 혼자 남았다.

17세의 토마스 만은 학교생활에 어느 정도 적응을 하게 되었다. 과목 중에서 특히 음악과 문학을 좋아했고, 시대사에도 적극적인 관심을 보였다.[2] 그러나 토마스 만에게 학교는 더 이상 의미가 없었다. 수업 시간에는 마지못해 자리를 지켰지만, 저녁 시간의 대부분은 오페라 극장에서 보냈다. 고향 뤼벡의 오페라 극장에서 알게 된 리하르트 바그너의 예술은 토마스 만의 인생에 지대한 영향을 미친 예술적 사건이 되었다. 또한 이 시절에 『봄의 폭풍』이라는 교지를 창간하여 시와 비평문을 기고했다. 당시 그의 문학적 우상은 하인리히 하이네였다.

1894년 3월 토마스 만의 학창 시절은 끝이 났다. 그는 고등학교 졸업을 포기하고 가족이 있는 예술의 도시 뮌헨으로 이주하게 되면서 죽음의 세계라고 표현한 바 있는 문학의 세계에 마침내 발을 들여놓게 되었다(이후 40여 년간 뮌헨에서 거주했

1894년 19세의 토마스 만.

다). 1901년 2월 13일 토마스 만은 형 하인리히 만에게 보내는 편지에서 "문학은 죽음"이라고 묘사하고 있다.

> 아, 문학은 죽음입니다. 문학을 지독하게 증오하지 않고서 어떻게 문학에 사로잡힐 수 있는지 나는 도저히 이해하지 못할 것 같습니다! 내가 문학에서 배울 수 있는 최상의 궁극적 교훈은 죽음을 하나의 가능성으로 파악하여 정반대의 것, 즉 삶에 도달해야만 한다는 것입니다. 나는 그날이 두렵습니다. 내가 다시 문학과 외롭게 하나가 될 날이 머지않았습니다만, 그렇게 되면 이 기적인 황폐함과 작위성만 급속히 늘어날까 두렵습니다.

그는 「토니오 크뢰거」에서도 "문학은 결코 천직이 아니라 저주"라고 표현하고 있다. 아무튼 1894년 최초의 단편 「타락 Gefallen」을 『사회』지에 발표했는데, 내용은 한 순진무구한 젊은이가 어느 여배우에게 반해 그녀와 첫사랑을 나누지만 그녀에게 애인 겸 후원자가 있다는 사실을 알게 되면서 둘의 관계가 깨지고 만다는 다소 진부한 이야기이다. 하지만 바깥 이야기를 통해 속 이야기를 여러 관점에서 재해석할 수 있게 만들고 있는 틀이야기 구조에서 토마스 만의 아이러니 기법이 돋보인다. "오늘 한 여자가 사랑 때문에 망한다면, 내일 그녀는 돈을 위해 타락한다."는 대목에서는 토마스 만의 향

후 작품들이 제시할 갈등, 즉 삶과 예술의 대립 문제가 뚜렷하게 부각되고 있다.

1895년 7월 토마스 만은 형 하인리히 만이 체류하고 있던 이탈리아로 최초의 외국 여행을 떠났다가, 10월에 뮌헨으로 돌아와 뮌헨 공과대학에서 역사·미술사·문학사 등을 청강했다. 일 년 뒤인 1896년 말 『짐플리치시무스』지에 실린 단편 「행복에의 의지 *Der Wille zum Glück*」를 탈고했다. 이 작품으로 토마스 만은 일약 문단의 인정을 받게 되었다. 작품의 무대가 북부 독일에서 남부 독일로 이동하는 점이나 주인공의 외가가 남아메리카의 농장주인 점, 주인공 파올로의 성격이 내면적이고 섬세한 감각의 예술가 기질의 소유자인 점 등은 그대로 작가 자신을 모델로 하고 있다. 한 병약한 화가의 사랑과, 그 사랑을 쟁취하기 위한 집요한 의지, 그리고 행복을 얻은 직후의 파멸을 주인공의 친구를 화자로 내세워 섬세하게 그려낸 뛰어난 작품이다. 혼혈아로 특이한 성격의 예술가인 주인공 파올로는 토니오 크뢰거와 흡사하고, 예술가의 생애를 동창생의 시각으로 그려나가고 있는 서술 형식은 후기 소설 『파우스트 박사』를 연상시킨다.

1896년 10월 토마스 만은 다시 이탈리아로 여행을 떠났는데, 우선 베니스에 들른 후 로마와 나폴리를 거쳐 마지막으로 로마에서 형 하인리히와 재회했다. 일 년 반 정도 형제가 함께 있었던 동안은 어머니가 아버지의 유서에 따라 그들에게 할당된 유산금의 몫으로 매달 160~180마르크를 보내주어 넉넉지는 않지만 자유를 즐기기에는 충분했다. 이때 토마스 만은 베를린의 피셔 출판사에서 발행하는 한 잡지에 단편 「키작은 프리데만 씨 *Der kleine Herr Friedemann*」를 보냈으며, 잡지사에서는 그 소설을 수락하는 것은 물론이요 그가 보관하고 있는 다른 소설들도 모두 보내달라고 요청했다. 토마스 만은 「환멸 *Enttäuschung*」 「어릿광대 *Der Bajazzo*」 「토비아스 민더니켈 *Tobias Mindernickel*」 등을 보냈는데, 출판인 사무엘 피셔는 이 소설들도 무척 만족해했으며 장편소설을 써보라고 토마스 만에게 권유까지 했다. 그리하여 토마스 만은 최초의 장편소설 『부덴브로크가의 사람들』을 쓰기 시작했다.

1900년 토마스 만은 일 년 만기 지원병으로 육군에 입대하지만 행군 도중 발가락에 생긴 건초염으로 입대 3개월 만에 제대했다. 이듬해 1901년 10월 '한 가문의 몰락'이라는 부제가 붙은 두 권짜리 장편소설 『부덴브로크가의 사람들』의 초판이 나왔다. 노벨상 수상의 주요 대상으로 선정된 『부덴브로크가의 사람들』은 세기의 전환점에 발표된 19세기 유럽의 정신사적 분석의 총결산이자 새로운 세기를 준비하는 도약의 작품이다.

1903년 토니오라는 한 혼혈아를 통해 토마스 만은 시민사회의 아웃사이더로서 고독하게 살아갈 수밖에 없는 한 예술가의 숙명을 그린 단편 「토니오 크뢰거 *Tonio Kröger*」를 발표하고, 비슷한 시기에 그 주제 역시 시민성과 예술성의 또 다른 변주에 불과한 단편 「트리스탄 *Tristan*」을 발표했다. 주위의 소박한 세계를 그냥 두고 볼 수 없어 힘이 닿는 한 주변의 모든 것을 정화시키고 의식화시키고 싶은 충동을 느끼는, 그러나 현실적으로는 무력하고 우스꽝스럽기 짝이 없는 작가 슈피넬과, 예술과는 아무런 상관없이 둔감하게 현실을 살아가는, 야비하지만 건전하고 당당한 시민 클뢰터얀이 객관적으로 대비되고 있다. 이 작품은 토마스 만의 아이러니 수법이 특히 잘 드러나는 대표적 단편이다.

1905년 2월에 뮌헨대학 수학과 교수인 프링스하임의 딸 카챠 프링스하임과 결혼하여 11월에 장녀 에리카 만이 태어났다. 1909년에는 독일의 어느 소공국을 무대로 하는 중편 「대공전하 *Königliche Hoheit*」를 발표, 고독한 예술가적 존재를 사랑과 결혼을 통해 삶의 세계와 손을 잡게 한다. 1911년 5월 휴양지에서 존경하던 작곡가 구스타프 말러의 서거 소식을 듣고 「베니스에서의 죽음 *Der Tod in Venedig*」을 쓰기 시작하여 이듬해 발표했다. 토마스 만의 초기 저작 중 가장 긴 단편소설인 이 작품은 피셔 출판사가 아닌 히페리온 출판사에서 간행되었다. 소설의 내용은 피로에 지친 작가가 우연히 뮌헨의 공동묘지에서 낯설고 기이한 남자를 만나는 것으로 시작된다. 주인공 아센바흐는 폴란드계 미소년 타치오의 모습을 보고 갑자기 뮌헨을 떠나 어디론가 여행하고 싶은 욕구를 느낀다. 창작 활동에 몰두하던 윤리적 가치관의 소유자인 주인공이 미의 관념에 사로잡혀 본래의 인격적 개성을 무기력하게 상실해버리고 사랑의 체험에 빠져든다. 결국 창궐한 콜레라로 인한 죽음의 종말만이 사회에서의 패배로부터 주인공을 구원하게 된다. 물론 아센바흐가 심장마비로 죽는지, 전염병의 희생자가 되는지는 단정 짓기 어렵다. 이 작품에서 토마스 만은 자기 자신을 포함한 예술가에게 비판을 가하고 있으며, 나아가서는 '빌헬름 시대'의 독일의 군인 정신 및 프로이센적 도덕주의가 지니고 있는 위험성을 비판하며, 아울러 제1차 세계대전 직전의 독일 사회의 분위기와 경직된 도덕규범에 대해서도 비판을 가하고 있다.

1914~1925년: 위기와 새로운 출발—조화 모색과 생의 긍정

1915년 토마스 만은 보수적 견해를 피력하는 에세이적 논설문 「프리드리히와 대동맹」을 발표했다. 이어 「한 비정치인의 고찰」의 집필에 들어가 꼬박 2년을 매달린 끝에 1918년에 완성했다. 프랑스적 민주주의 또는 문명 개념을 독일의 문화 개념과 대립적 관점에서 서술한 600쪽이 넘는 방대한 양의

「한 비정치인의 고찰」은 토마스 만 사상의 한 전환점이자 작가 생활의 요약인 동시에 과거와의 작별을 의미하는 것이었다. 이 작품이 나오기 전까지의 토마스 만은 현실의 사건들과는 동떨어진 예술가였으나 이후로는 여러 면에서 유명한 정치적 저널리스트로 활동하게 되었다(비록 본인 스스로는 정치와의 관계를 완전히 부정했다). 이를 계기로 진보적 사고를 지녔던 형과의 불화가 본격적으로 시작되기도 했다.

1922년 소설 『사기꾼 펠릭스 크룰의 고백, 어린 시절의 책』을 출간하고, 보수적 정치관을 지양하는 연설문 「독일 공화국에 대하여」를 강연하면서 독일 청년층에 민주주의의 지지를 호소했다. 이후 바이마르 공화국의 문화 사절 자격으로 국외로 강연 여행을 다니는데, 이때 형 하인리히와의 형제 논쟁이 그 해결점을 찾게 되었다.

1924년에는 전쟁으로 집필이 중단되었던 대작 『마의 산』이 출간되었다. 『마의 산』에서 초기의 대립적 인생관을 극복하고, 대립에 지배당하지 않고 역으로 대립을 지배하고 전진하는 것이 인간의 이상적인 생활 방식이라는 사상을 제기함으로써 토마스 만의 사상 전환에 하나의 기념비적 작품이자 독일 낭만주의적인 보수주의에 대한 결별의 책이 되었다. 「마의 산으로의 안내」에서 "이 책의 봉사는 삶에 대한 봉사이며, 이 책의 의지는 건강을 추구하며, 이 책의 목표는 미래다"라고 말하고 있다. 낭만주의적 죽음에의 공감을 민주주의적 삶에 대한 호의로 변화시키는 정신의 변형을 완성한 것이 이 시기 토마스 만 작품의 특징이라 할 수 있다.

1926~1942년: 인간성의 이념

1926년에 이루어진 토마스 만의 두 번의 여행, 즉 프랑스 파리와 고향 뤼벡 여행은 특별히 언급할 가치가 있다. 프랑스 지식인 단체에서는 그에게 '인간성의 이념에 근거한 독일의 정신적 경향'에 대한 강연 요청을 했고, 뤼벡에서는 한자도시의 항구 700주년 기념식에 연사로 초청했던 것이다. 이후 2년 동안 성서적 연작 소설에 침잠하면서 구약성서의 창세기를 소재로 하는 4부작 장편소설 『요셉과 그 형제들』의 집필에 들어갔다. 1929년 스웨덴 한림원에서 『부덴브로크가의 사

1929년 토마스 만의 노벨 문학상 수상 기념으로 뮌헨 시청사에서 거행된 축제 연회.

람들』로 토마스 만에게 노벨 문학상을 수여하지만, 그 자신은 『마의 산』이 없었더라면 노벨상은 받지 못했을 거라고 불만스러워했다.

이듬해 이탈리아의 무솔리니와 히틀러를 비판한 단편 「마리오와 마술사 Mario und der Zauberer」를 출간하는데, 여기서는 이탈리아의 어느 해수욕장에서 일어난 우발적인 살인 사건이 그려진다. 토마스 만은 실제로 1927년 이탈리아에서 비슷한 공연을 구경한 적이 있다.

관객들이 홀을 가득 메운 가운데 무대 위에는 기형적으로 허리가 구부러진 몹시 추하게 생긴 마술사 치폴라가 재주를 부린다. 이 악한은 관객에게 마술을 부려 그의 의지에 복종하게 하고, 실험 대상자를 웃음거리로 만들거나 굴욕에 빠뜨린다. 치폴라는 최면술과 교묘한 설득력으로 관객을 압도하면서 홀 안에 휙휙 소리가 들릴 정도로 채찍을 휘두른다. 마지막에 이 사기꾼은 선량한 급사 마리오를 무대로 데려와 그를 최면 상태에 빠뜨린 뒤, 자신의 명령에 따르도록 강요함으로써 관객을 만족시킨다. 마리오는 채찍 소리에 깨어나 총탄 두 발을 쏘아 치폴라를 살해한다.

해변에서 마술을 부리고 있는 주인공 치폴라는 바로 독재자의 화신이며, 관객을 지배하고 모욕하는 치폴라의 채찍은 이탈리아 또는 독일의 정치적 테러리스트들이 국민을 지배하는 수단으로 이해될 수 있다. 그리고 마리오가 쏜 두 발의 총성은 인간성을 모독한 독재자 치폴라에 대한 민중의 항거로 해석된다. 토마스 만은 이미 1922년경부터 바이마르 공화국과 민주주의를 옹호한 바도 있지만 이 작품으로 비로소 자신의 정치적 개안을 문학적으로 형상화하기 시작했다.

괴테 서거 100주년인 1932년에 즈음하여 토마스 만은 「시민시대의 대표자로서의 괴테」 「작가로서의 괴테」라는 제목의 강연을 하면서 인류애의 고귀함을 역설했다. 이듬해 1월 히틀러가 독일 수상이 되자, 뮌헨 대학에서 「리하르트 바그너의 고뇌와 위대성」이라는 강연을 한 뒤 국외로 강연 여행을 떠난 채 망명을 했다. 스위스 취리히 호반에 거처를 정하고부터는 당분간 정치적 활동을 자제하는데, 그로 인해 다른 망명 문학가들의 오해를 받기도 했다. 나치 정권에 대한 토마스 만의 첫 번째 공개적 반박은 1935년 4월 니스에서 개최된 지식인 연합위원회 회의 석상에서 행한 연설 「유럽이여, 경계하라!」로 그 포문을 열었고, 이어 이듬해 6월에는 부다페스트에서 「인문학과 휴머니즘」이라는 제목으로 자유의 살해자에 대한 비판과 강건한 민주주의의 필연성, 즉 진보에 대한 능동적 옹호의 필연적 이유를 강도 높게 피력했다.

1933년 이후 4부작 『요셉과 그 형제들』의 1, 2, 3부가 각각 '야곱 이야기' '청년 요셉' '이집트에서의 요셉' 이라는 부제로 1, 2년 간격으로 발표되었는데, 이 작품에 대해 비인, 프라하, 부다페스트 등지의 신문 논평은 매우 우호적이었지만 독일 언론계에서는 기사화조차 하지 않았다. 토마스 만은 다른 책을 너무나 쓰고 싶은 나머지 마지막 4부는 당분간 유보했다가 1943년에 가서야 '부양자 요셉'이라는 부제로 출간했다. 4부작 '요셉 소설'을 완성하기까지 토마스 만이 순수 집필에 바친 시간은 1926년 12월부터 1943년 1월까지의 13년간이다. 이 기간 중 예외가 있다면 1936년 8월부터 1940년 8월까지 괴테를 패러디한 『바이마르의 롯테 Lotte in Weimar』와, 인도의 전설을 빌려 삶과 정신과의 조화적 종합이라는 이상 실현의 어려움을 나타낸 「뒤바뀐 머리 Die vertauschte Köpfe」를 쓴 것이다.

4부작 『요셉과 그 형제들』의 중심 내용은 구약성서 창세기 25장부터 50장까지의 이야기이다. 야곱의 이야기에서 시작하여, 야곱의 아들 요셉이 기구한 운명을 겪으면서 죽음의 나라 이집트에서 세속적인 성공을 거두고, 드디어 어릴 적 자신을 우물에 던졌던 형제와 늙은 아버지 야곱과의 극적이고 감동적인 재회까지를 그리고 있다. 토마스 만은 창세기 이외에도 수많은 사건이나 신화적 모티브를 작품 속에 끼워 넣어 총 4권 분량에 달하는 대서사시를 완성했다. 이야기는 인간 존재의 원형, 즉 선과 악이라는 이원적 대립을 숙명적으로 지니고 있는 인간이 어떻게 하면 그것을 조화시킬 수 있고, 또 원죄를 극복하고 구제의 길로 나아갈 수 있는가를 그리고 있다. 토마스 만은 나치스의 무기로 이용되어왔던 신화를 파시즘의 손으로부터 되찾아 철저하게 인간화시키려 했으며, 또 나치스의 반(反)유태 감정 속에서 유태 정신을 중심으로 그리고 있는 소설을 미리 구상했다고도 볼 수 있다. 아무튼 여기서 주목해야 할 것은 이 '요셉 소설'을 집필한 16년간이 토마스 만에게 가장 불안하고 힘들고 파란만장했던 시기라는 점이다. 그렇다고 해서 이 작품에서 시대의 혼란과 작가의 비참한 상황, 즉 파시즘과의 투쟁으로 인한 토마스 만의 현실의 극한 상황에 대한 암시는 전혀 발견되지 않는다. 단지 구약성서를 소재로 어두운 과거의 심연에서 인간의 근원적 상을 탐구하고, 인간성의 존엄과 이에 대한 확신으로 일관할 뿐이다. 다시 말해 이 대서사시는 인간에 대한 찬가 이외에는 아무 것도 아니다. 이 작품은 일종의 축제와도 같은 유희, 경건한 속임수라고도 말할 수 있는 아이러니, 그리고 느닷없이 사람들을 미소 짓게 하는 유머로 채색된 작품이다.

토마스 만은 그의 세 대표 소설, 즉 20대 후반에 쓴『부덴브로크가의 사람들』, 50대에 쓴『마의 산』, 70대에 접어들면서 완성한『요셉과 그 형제들』을 두고 각각 첫 번째는 독일 소설, 두 번째는 유럽 소설, 그리고 세 번째는 신화를 토대로 유머러스하게 그려낸 인간에 관한 노래라고 스스로 평했다. 그리고 이들은 보다 풍요롭게 전개되는 정신의 성장 과정을 보이고 있다고 한 편지에서 밝힌 바도 있다.

1940년에 발표된 「뒤바뀐 머리」는 인도의 전설을 빌려 삶과 정신과의 조화적 종합이라는 이상 실현의 어려움을 보여주고 있다. 내용을 보면, 귀족계급인 브라만의 자손 슈리다만은 총명한 두뇌의 소유자이다. 그에게 육체는 단지 두뇌의 부속물에 지나지 않는다. 반면에 대장장이이자 양치기인 혼혈아 난다(Nanda)는 단순 쾌활하다. 그에게 머리는 육체의 부속물에 지나지 않는다. 이 두 친구는 서로의 장점을 좋아하고 부러워하면서도 그 동네 양치기의 아름다운 딸 지타와 삼각관계를 맺는다. 지타는 슈리다만과 결혼하여 임신까지 하면서도 생명력이 왕성한 난다의 육체를 잊지 못한다. 이러한 힘든 상황에서 먼저 슈리다만이 목을 매 자살하고, 그 다음에는 난다가 목을 맨다. 성스러운 여신 칼리는 두 친구의 머리와 몸을 합체시키는데, 슈리다만의 머리를 난다의 몸에, 난다의 머리를 슈리다만의 몸에 결합시키는 실수를 한다. 머리가 뒤바뀐 슈리다만은 난다의 머리와 자신의 육체가 결합된 난다에게 애정을 품게 된다. 마침내 슈리다만과 난다는 혈투를 벌이고 각자 자살로 종말을 맺는다. 지타 역시 두 사람을 따라 자살한다. 이 삼각관계는 당사자 세 사람 모두 죽음으로밖에 해결될 수 없는 것이다.

이 시기에 토마스 만은 히틀러 타도를 위해 영국 BBC 라디오 방송에서 제안한 「독일 청취자 여러분!」이라는 제목의 논평을 통해 4년 6개월간 매월 한 번꼴로 독일 국민들에게 히틀러 정권의 비민주성과 비인간성을 호소했다. 처음에는 그의 연설이 전신으로 런던에 중개되면 BBC의 독일인 진행자가 그것을 낭독했으나, 나중에는 그의 연설이 미국에서 레코드판으로 녹음되어 전화로 런던에 발송되면서 영국 라디오 방송국의 마이크에서는 대본뿐만 아니라 작가의 육성도 흘러나오게 되었다. 토마스 만은 방송료를 영국의 전쟁구조협의회 프린스턴위원회에 기탁했다. 그의 첫 번째 연설은 1940년 10월 10일에 방송되었다. "독일 청취자 여러분!"이라는 전통적인 인사말은 이후 그의 연설 서두를 늘 장식했으며,

1942년 9월 영국 BBC 라디오 방송을 통해 「독일 청취자 여러분!」이라는 논평을 하고 있는 토마스 만.

연설할 때의 그의 논조와 태도는 아이러니의 거장답지 않게 매우 결연했다.

1943~1950년: 파우스트 시대

1944년 미국 시민권을 획득한 토마스 만은 프랭클린 루즈 벨트의 대통령 선거전 참모 역할을 하고, 그해 11월 루즈벨트는 대통령 당선의 영광을 차지한다. 1945년부터 일 년 동안 토마스 만은 사방에서 쇄도하는 사회적 의무와 강연으로 인해 완전히 지치게 된다. 그런 와중에도 아도르노와의 토론을 계속 진행하는데, 당시에 그는 소설 『파우스트 박사』의 한 부분, 즉 순수 음악적 성격의 장을 집필하고 있었기 때문이다.

1947년 초 토마스 만은 마침내 『파우스트 박사』를 완성했다. 이 작품에 의해 1587년 민중본에서 출발한 파우스트 모티브의 수백 년 전통이 새롭게 파악되고 변형·해석되었다. 소설은 독일 작곡가 아드리안 레버퀸의 삶을 일기 형식으로 기록하고 있다. 천재 음악가 아드리안 레버퀸을 독일 정신을 전형적으로 보여주는 파우스트적 인물로 형상화하면서 그가 악마와 결탁하여 몰락한다는 비극을 그려 추상적이고 신비적인 독일 혼을 파헤쳤으며, 아울러 나치즘이라는 악마적인 비합리주의가 독일에 대두된 원인과 과정을 예리하게 묘사했다. 토마스 만의 소설에서 음악은 언제나 몰락의 사자로 계시된다. 그럼에도 이 소설에서 음악이 주도적 역할을 하는 데는 다른 이유가 있다. 그는 음악을 독일의 국가 성격에 상응하는 전형적 예술로 파악하고 있다. 독일과 세계의 관계는 언제나 음악적인 관계, 즉 추상적·신비적 관계라는 것이다. 따라서 음악적 요소는 독일적 요소와 결합된다. 아드리안 레버퀸의 이야기는 정치적 또는 정신적 의미에서 독일의 문제성, 특히 독일과 세계와의 관계 및 20세기의 독일적 상황과 연관된다. 『파우스트 박사』가 작곡가의 삶을 서술하는 동시에 음악적 창조의 본질을 예리하게 짚어내고 있다는 의미에서는 음악에 관한 소설이지만, 20세기 독일적 상황과 연관해서 보면 독일인에 관한 소설이다.

토마스 만 자신은 『파우스트 박사』를 가리켜 지난한 노력과 엄청난 고통의 대가를 치른 가장 험난한 책이라고 했으며, 또한 그가 가장 사랑한 책이었다. 무엇보다 토마스 만이 70세의 고령에도 결코 잊지 못할 엄청난 열정과 시간을 바쳐 쓴 작품이기 때문이다. 심지어 그는 이렇게 고백하기도 했다.

"나는 이 책만큼 애착을 갖는 것은 없습니다. 이 책을 좋아하지 않는 사람을 나는 좋아하지 않을 것입니다. 나는 이 책에 나타나는 고도의 영적 긴장에 민감하게 반응하는 사람에게는 지대한 감사를 표할 것입니다."

1948년 여름 토마스 만은 이 작품을 다시 잡고 「파우스트 박사의 성립」이라는 연대기를 쓰기 시작하여 3개월 만에 탈고했다. '소설의 소설' 이라는 부제가 붙어 있는 이 연대기는 『파우스트 박사』의 생성 과정 및 계획과 형상화에 대해 보고하는 일기 형식으로 되어 있다. 물론 소설에 대한 보고가 연대기의 모든 것은 아니다. 거기에는 토마스 만의 가족과 친구들에 관한 언급도 있다.

『파우스트 박사』는 출간되는 즉시 호평을 아끼지 않는 평론들이 줄을 잇고 그 반향도 엄청났지만, 음악가 아르놀트 쇤베르크와의 논쟁은 홈으로 남게 된다. 그 까닭은 쇤베르크는 『파우스트 박사』에 나오는 주인공의 이야기에서 자신의 권리를 침해했다고 여겼다. 쇤베르크는 토마스 만이 아드리안의 작곡들을 자신의 음악 양식인 12음계 기법 위에서 구성하고 있으면서도 이 음악 체계의 원조 창시자의 이름을 거명하지 않았다는 이유로 거세게 항변했던 것이다. 비슷한 연배의 두 사람은 나중에 화해의 기회를 가지려 했지만 쇤베르크가 그만 77세의 나이로 세상을 떠나는 바람에 결국 그 기회는 무산되고 말았다.

1951~1955년 : 에로틱과 예술의 사회적 의무

1951년 발표된 「선택된 인간」은 '착한 죄인' 에 대한 설화의 아이러니적 해석이자 중세에 성립된 오이디푸스 이야기의 기독교적 판본의 패러디이다. 즉, 중세 문학의 패러디이다.

　부모로부터 버림을 받은 주인공 그레고르는 작은 통 속에 넣어져 바다에 내던져진다. 한 어부가 고기를 잡다가 아이를 발견하게 되고, 그레고르는 가난한 사람들 속에서 준수한 청년으로 성장한다. 그는 근처 수도원 원장에게 교육도 받는다. 마침내는 자신의 부모에 대한 비밀을 알게 되고 그 즉시 부모를 찾으러 세상에 나간다. 그가 어느 성에 도착하자 그곳은 전쟁 중이었다. 로저 공작이 성의 여주인에게 청혼했다가 거절당하자 일으킨 전쟁이었다. 그레고르는 그 나라를 해방시키고 로저 공작을 죽인 뒤 20년 연상의 이 여인과 결혼한다. 그로부터 3년 뒤 두 번째 아이의 탄생을 기다리고 있던 그레고르는 자신이 이 여인의 남편이자 아들이라는 사실을 알게 된다. 그리하여 죄인은 함께 있기를 원하는 아내 곁을 떠나 무인도로 들어가 고독 속에서 참회한다. 이후 이 성스러운 남자 그레고르 앞에 그의 어머니이자 아내가 나타나 속죄를 요청한다. 소설은 죄에서 은총의 길을 발견한 남자가 세계와 신과 화해하는 장면으로 끝을 맺는다.

　「선택된 인간」은 동화의 세계를 서술한 것은 아니지만 어딘지 모르게 동화의 경계에서 머무는 듯한 설화 형식을 취하고 있다. '선택된 인간'의 과정은 죄를 통한 고양, 즉 카오스(혼돈)를 통한 코스모스(질서)를 향해 이루어진다. 물론 소설의 결말은 화해—아들과 어머니, 죄인과 신, 인간과 세계 사이의 화해—이다. 「선택된 인간」은 내용과 문체에서 미래를 주시하거나 어떤 새로운 전망을 여는 것이 아니라, 과거를 주시하고 재생하는 아이러니적 작품이다. 토마스 만 자신도 "모든 의미에서 「선택된 인간」이 나의 후기 작품"이라고 했다.

1953년에 발표한 단편소설 「기만당한 여인」에서 토마스 만은 다시 삶과 죽음 사이의 복합 관계에 대한 실마리를 끌어냈다. 작품의 줄거리는 제1차 세계대전이 끝난 중부 도시 뒤셀도르프를 무대로 하며, 시대적 배경은 1920년대이다. 주인공 로잘리에는 육군 중령이었던 남편이 전사하자 그때까지 살던 산업도시 두이스부르크를 떠나 뒤셀도르프로 옮긴 뒤 장성한 아들딸과 함께 전형적인 시민적 삶을 살아간다. 그녀는 열렬한 자연 애호가이다. 50세라는 나이에도 불구하고 이 아름다운 여자는 아들의 가정교사인 미국

1952년 10월 뮌헨의 막시밀리안 거리에서 딸 에리카와 토마스 만. 오랜 망명생활 후 처음으로 독일에 체류했으며, 뮌헨 방문은 이것이 마지막이었다.

청년 켄 키턴을 짝사랑하게 된다. 사랑에 빠진 로잘리에게 어느 날 기적 같은 일이 벌어진다. 폐경 상태였던 그녀에게 다시 한 번 월경이 찾아온 것이다. 로잘리에는 사랑이 이룩한 자연의 기적이라고 믿는다. 그러던 어느 날 함께 나선 가족 나들이에서 로잘리에는 켄에게 사랑을 고백하고, 켄의 거처에서 따로 만날 약속을 한다. 그러나 그날 밤 그녀는 심한 하혈로 의식을 잃는다. 그녀가 믿었던 여성의 부활은 실은 가망이 없는 자궁암으로 밝혀지고, 로잘리에는 몇 주 뒤에 죽음을 맞이한다. 결말 부분에서 로잘리에가 딸에게 남긴 말은 자못 의미심장하다.

> 죽음이 삶의 위대한 수단이고 또 그것이 나에게 소생과 에로틱의 형상을 부여한다면, 그것은 기만이 아니라 선이요, 은총이다.

「선택된 인간」을 발표한 직후 토마스 만은 『사기꾼 펠릭스 크룰의 고백』을 다시 쓰기 시작했다. 이 작품은 토마스 만의 다른 저작들에 비해 비교적 잘 알려져 있지는 않지만 몇 가지 특이한 점을 지니고 있다. 집필 기간이 무려 50년이고, 자서전적 고백의 형식을 취하며, 토마스 만이 남긴 마지막 작품이면서 미완성이라는 점이다. 토마스 만의 다른 모든 작품은 주도면밀한 가공에 따라 완결되어 출간된 데 반해 이 작품은 세 번씩이나 미완의 단편으로 남아 있다는 점이 특이하다.

　주인공 크룰은 『부덴브로크가의 사람들』의 주인공 하노처럼 몰락해가는 세대의 마지막 후손이다. 크룰의 아버지는 주정꾼이자 지방의 난봉꾼으로 저질 샴페인을 생산하는 양조장을 파산시키고 권총으로 자살한다. 크룰의 누이는 아버지가 죽은 뒤 무명의 오페라 가수가 되고, 어머니는 아들에 의해 '정신적 재능이 박약한' 여인으로 묘사된다. 크룰의 사기꾼 행로는 어린 시절 사탕을 훔쳐 먹는 것에서부터 시작된다. 그러던 어느 날 크룰은 파리로 여행을 하던 중, 어느 부인의 보석 상자가 그의 트렁크에 우연히 섞여 들어오게 된다. 이후 파리에서 그의 사기꾼 경력은 절정에 달한다. 그곳에서 크룰은 룩셈부르크 출신의 청년 베노스타 후작을 사귀게 되는데, 베노스타는 파리의 삼류 여배우에게 빠져 아버지 돈을 낭비하고 있었다. 후작의 부모는 그 결혼을 막으려고 아들에게 세계 여행을 보낸다. 그렇지만 사랑에 빠진 베노스타는 여배우와 헤어지지 않으려고 자신의 신분을 크룰과 바꾼다. 크룰은 후작 신분으로 리사본으로 여행을 떠나고, 크룰로 바뀐 베노스타는 파리에 남는다. 포르투칼에서 벌인 크룰의 사기꾼 행각이 소설의 마지막을 장식한다.

　주인공 크룰은 과감하게 세상에 뛰어들지만 시민적 방식으로는 봉사할 수 없음을 깨닫고 세상이 자신에게 빠져들도록 온갖 노력을 한다. 토마스 만은 이 마지막 단편소설에서 정신과 삶 사이의 조화의 원칙을 구체화했다. 여태까지 그의 작품 속의 주인공들은 자신을 둘러싼 세계에서 편안함을 느끼지 못하고, 예술(또는 예술의 사명)에 헌신하기 위해 삶에 불성실하게 되고, 삶과 거리를 취하며 고독에 빠져들 수밖에 없었다. 그러나 크룰은 고등 사기 행각을 보다 높은 사명 차원의 행위로 인식하며 그것을 쟁취한다. 크룰은 세계와 자기 자신을 조화시킨다. 토마스 만의 최종적 웃음은 아이러니적 웃음이다. 이 작품은 현대의 악한소설의 패러디이며, 토마스 만 스스로도 "루소와 괴테의 자서전에 대한 패러디"라고 했다.

지금까지 토마스 만의 작품 세계를 그의 삶의 행적을 따라 추적해보았다. 토마스 만 초기 작품에서의 '삶과 정신, 생과 예술의 갈등'은 후기로 가면서 삶에 대한 친근함과 휴머니즘으로, 나아가 예술의 사회적 의무로 승화된다. 토마스 만 문학의 특징은 한마디로 '아이러니'와 '아이러니적 기법'이라 할 수 있다. 여기서 아이러니란, 두 양극적인 세계에 대해 항상 거리를 두고 선호를 유보하는 비판적 태도를 가리킨다. 이 아이러니는 토마스 만의 후기 작품에서는 그것을 어느 정도 극복한 유머의 형태로 옮아간다.

특히 토마스 만의 삶에서 빼놓을 수 없는 것은 토마스 만

1955년 5월 토마스 만은 부인 카티아와 함께 마지막으로 고향 뤼벡을 방문한다. 배경으로 그가 어릴 적 다녔던 카타리네움 초등학교 건물이 보인다.

의 가문은 유명한 천재 문인 가문이라는 점이다. 그의 형 하인리히 만은『충복』『오물 선생』등 사회소설·시대소설의 대가였으며, 그의 큰아들 클라우스 만(Klaus Mann)도 유명한 작가이고, 딸 에리카 만(Erika Mann)은 작가이자 연극인, 사위 구스타프 그뢴트겐스(Gustaf Gründgens)는 세계적 연극배우이자 연출가·영화배우·영화감독이었으며, 그의 둘째아들 골로 만(Golo Mann)은 독일의 유명한 역사학자이자 에세이스트로서 대표적 지성인으로 꼽힌다. 앞서도 언급했듯이 토마스 만은 제1차 세계대전을 전후하여 형 하인리히 만과 독일제국에 대한 평가, 전쟁에 관한 입장, 독일 전통문화에 대한 태도, 그리고 문학의 사명 등을 놓고 독일 역사상 그 유명한 형제 논쟁을 벌였는데, 이 논쟁에서 표출된 견해는 당대독일 지성인의 경향을 대변하는 자료로서 지금도 중요시되고 있다.

3 장 ── 『부덴브로크가의 사람들』

Buddenbrooks

작품론

작품의 탄생

『부덴브로크가의 사람들』은 1901년 토마스 만이 그의 나이 26세 때 발표하여 세상을 놀라게 한 장편소설이다. 젊은 시절 늘 그를 따라다녔던 삶과 정신, 생과 죽음, 시민성과 예술성이라는 이원론적 갈등의 한가운데 있는 작품으로, '한 가문의 몰락'이라는 부제가 붙어 있다. 노벨상 수상의 주요 대상으로 선정된 이 작품은 세기의 전환점에 발표된 19세기 유럽의 정신사적 분석의 총결산이자 새로운 세기를 준비하는 도약의 작품이다. 이 작품의 기원에 대해 토마스 만은 다음과 같이 언급하고 있다.

"내가 이 책을 썼을 때는 무척 젊고 고독했으며, 언어 예술에서는 무명의 신출내기였다. 스물세 살 때 나는 이 책을 구상하여 쓰기 시작했다. 책을 쓰기 전 나는 일반적인 분량의 소설로, 스칸디나비아의 작품 가운데 상인 이야기를 떠올렸다. 왜냐하면 나의 고향인 발트 해변의 옛 한자 도시 뤼벡은 문화와 삶의 정취에서 스칸디나비아

뤼벡에 있는 부덴브로크 하우스의 모습.

반도와 너무나 유사하기 때문이다."

토마스 만의 첫 장편소설 『부덴브로크가의 사람들 *Buddenbrooks*』은 그가 발가락 부상으로 군에서 제대하고 이탈리아 여행을 하고 있을 당시 베를린의 출판업자 사무엘 피셔(S. Fischer)가 보낸 한 통의 편지로 그 빛을 보게 되었다. 『부덴브로크가의 사람들』은 원래 소설이 아니라 당시 주류였던 노벨레(Novelle: 특이한 사건과 극적인 구성을 갖춘 중단편 분량의 소설)로 구상되었으나, 그가 250페이지의 글을 15개 장으로 나누는 과정에서 장편소설로 확대되었다. 토마스 만이 군병원에 있는 동안 출판인 피셔로부터 800페이지 분량으로 원고를

절반가량 줄여달라는 편지를 받았지만 "소설의 규모야말로 바로 이 책의 본질적인 특성"이라면서 그 결심을 굽히지 않았다. 피셔 출판사 편집인 하이만(Heimann)의 "이 소설의 주요 장점 가운데 하나는 등장인물들의 진실성과 더불어 이 인물들을 묘사하는 방식이 매우 날카롭고 단호하며, 때로는 아이러니컬하면서도 시적인 성질을 잃지 않는다는 데 있다"라는 극찬에 힘입어, 상당한 우여곡절 끝에 『부덴브로크가의 사람들』(1901)은 소설의 분량을 줄이지 않고 그대로 출간되었다. 초판 1000부는 출간하던 해 모두 팔렸으며, 이는 처녀작으로서는 상당한 성과였다. 그러나 고향 뤼벡의 시민들은 토마스 만이 자신들을 허구화하고 이름을 바꿔 소설에 등장시킨 것에 깊은 모욕감을 느낀 나머지 토마스 만을 "뤼벡 시의 패륜아"라고 비난했다. 이처럼 작품의 생성에서부터 여러 진통을 겪었던 『부덴브로크가의 사람들』은 토마스 만 일생의 작품 여정에 지대한 영향을 미쳤으며, 이 작품으로 1929년 노벨 문학상을 수상하게 되었다.

주인공 및 등장인물

1세대 노인 요한 부덴브로크

고전주의적 교양을 쌓은 낙천적이며 합리주의적 사상의

소유자이다. 그는 냉정한 현실주의자로서 형이상학적인 것과 정서적인 것에 대해서는 부정적이다. 타고난 상인이며 삶의 대표자라고 할 수 있다. 음악을 예로 들면, 4세대 하노 부덴브로크에게는 음악이 병으로 작용한다면, 1세대 노인 요한 부덴브로크에게 음악은 오직 건강한 시민사회에서의 사교적인 오락과 취미의 즐거움을 의미하는 것이다.

2세대 영사 요한(일명 장) 부덴브로크

실천적 이상을 신봉하는 현대 상인의 전형이다. 그는 근본적으로 두 개의 세계 즉 경건주의적 꿈과 실제적 활동 영역에 살고 있지만, 이 두 세계를 조화시키는 것은 그에게 어려운 일이다. 그의 경건주의적 신앙심은 데카당스의 징후요, 부덴브로크가 사람들의 몰락의 시발이라고 할 수 있다. 왜냐하면 신앙심의 속성은 냉혹한 사업적 영리에 대치되기 때문이다. 예를 들어, 이복형제 고트홀트(Gotthold)와의 상속금 문제를 비롯하여 딸 토니(Tony)를 그륀리히(Grünlich)와 결혼시키고 또 이혼시키는 과정에서 그의 신앙심은 현실적 계산에 의해 아이러니컬하게 표출된다.

3세대 시정장관 토마스 부덴브로크

그에 이르러 몰락의 과정은 명백하게 나타난다. 퇴폐적인 동생 크리스티안(Christian)과의 대립, 아내 게르다(Gerda)와의 원만하지 못한 관계, 누이 토니의 재혼 실패, 장남 하노의 병약함, 누이 클라라(Clara)의 죽음 등의 재앙과 사업 부진으로 부덴브로크가 사람들의 운은 몰락으로 치닫는다.

실용주의자인 시정장관 토마스는 내적으로는 심미주의자이지만 외적으로는 시민의 모습을 보이려고 노력한다. 그는 본질을 꿰뚫어보고 있기에 노인 요한처럼 계몽주의에도 기울지 않고, 영사 요한처럼 낭만주의에도 기울지 않는다. 그의 활동은 일종의 인위적이요 마취제 같은 것이다. 혼돈의 와중에도 어느 여름날 토마스는 쇼펜하우어의 저서 『의지와 표상으로서의 세계』를 읽으면서 "그의 마음은 알 수 없는 위대하고 감사한 마음으로 충만해지고" 지금까지 몰랐던 기쁨을 맛보게 된다. 이는 작가 토마스 만 자신의 체험이기도 하다. 시정장관 토마스는 세상의 끊임없는 고통으로 말미암아 쇼펜하우어의 사상에 동감하게 된다. 그러나 바로 다음 날 아침에는 지난밤의 일을 완전히 잊어버린다. 아이러니컬하게도 바로 작가 토마스 만이 탄생한 해인 1875년에 시정장관 토마스는 치과에 갔다가 돌아오는 길에 갑자기 쓰러져 숨을 거둔다. 토마스의 사망 원인은 치통인 것처럼 보이지만 실제로는 자기 성찰과 인위적인 의지 사이의 긴장으로 인한 생명력의 소진이다. 그의 죽음은 어떤 비극성을 띠지 않으며, 오히려 삶을 부정하는 쇼펜하우어식 태도의 결과로 이해해야 한다.

4세대 하노 부덴브로크

독일 시민 생활의 전통적 분위기 속에서 이성과 신념에 뿌리를 두고 살아가는 계몽주의적 생활인이다. 실제적이고 건전한 시민인 노인 요한에게서 볼 수 있었던 이러한 생의 전통이 마지막 4대의 하노 부덴브로크에 이르면 거의 흔적조차 찾아볼 수 없게 된다. "콧잔등과 눈두덩이 접하는 부분이 움푹 들어가 푸르스름한 그늘이 끼어 있어" 처음부터 죽음의 징후를 띠고 있는 하노는, 죽은 할머니의 관 곁에서 "낯설긴 하지만 이상야릇하게 친근한 느낌을 주는 향기"를 맡으며 처음으로 찾아온 죽음에 대해 아무런 저항도 없이 받아들인다. 토마스 만이 소년 하노에게 부여했던 삶의 장(場) 즉 학교(Schule)는 더 이상 그의 무대가 될 수 없었고, 그의 삶은 단지 "영원한 몰락의 과정으로서의 생"이었다. "나는 자고 싶어. 그리고 더 이상 아무것도 알고 싶지 않아. 나는 죽고 싶어! 난 아무 쓸모가 없어"라고 친구 카이(Kai)에게 고백하는 하노는 조상의 견실한 생으로부터 점점 격리되어 낭만주의에서 말하는 '죽음에의 공감'이라는 경지에 도달한다. 그래서 토마스 만은 소설의 끝부분에서 티푸스의 증세를 통해 시민적 생활과 그 생활을 혐오하는 예술가적 정신의 갈등을 뚜렷하게 부각시키며 생과 정신 사이의 양면감정 병존적 태도를 보여주는데, 이는 토마스 만 아이러니의 전형적인 서술 태도이다.

(안)토니 부덴브로크(토마스의 여동생)

4세대를 거치면서 점점 증가하는 성찰적 사고의 대척점에 서 있는 인물이다. 소설은 그녀와 더불어 시작되고 또 끝이 난다. 그녀는 시종일관 변하지도 죽지도 않는다. 왜냐하면 그녀는 아무것도 이해하지도 못하고, 아무것도 성찰하지 않기 때문이다. 그륀리히의 정체가 드러나도 그녀는 하노처럼 인식의 구토를 느끼지 않고 견뎌낸다.

크리스티안 부덴브로크(토마스의 남동생)

어려서부터 형 토마스와 비교되는 것을 감수해야만 했다. 어릴 때의 크리스티안은 모방의 재능은 있으나 진지함과 끈기가 부족하다. 토마스는 상인이 되려고 런던에 가서 업무를 배운다. 하지만 그는 회사보다 극장에 가는 것을 더 즐긴다. 그는 토마스와는 달리 체면을 중시하지 않는다. 물론 크리스티안에게 전혀 통찰력이 없는 것은 아니다. 그는 자신을 비판하면서 하노에게 자신처럼 너무 연극에 빠지지 말라고 경고한다.

게르다 아놀트선(토마스의 부인)

토마스의 부인이 되기 전에 바이히브로트의 기숙사에서 토니와 대화를 나누는 장면에서 이미 소설에 등장한다. 게르다는 한마디로 수수께끼 같은 여자이다. 그녀는 나이가 들어서도 변함없이 아름다움을 유지하고 있다. 하지만 그녀의 아름다움은 토니의 발랄한 건강미와 비교해볼 때 병적이고 신비한 느낌을 준다. 예술가로서 그녀는 바그너를 좋아한다.

그륀리히

함부르크의 상인으로, 토니의 부모가 사윗감으로 신중하게 고른 인물이다. 그러나 그가 토니와 결혼하려는 속셈은 부잣집 딸과 결혼하여 그 지참금으로 자신의 빚을 갚고 도움도 받기 위해서이다. 토니의 부모는 그가 목사의 아들이고 또 예의 바르다는 점에 금방 혹해버린다.

모르텐

수로 안내인의 아들이며 의과 대학생. 그륀리히와 약혼하기 전 토니는 트라베뮌데에서 모르텐을 만나 사랑에 빠진다. 그는 괴팅엔 대학의 학생조합에 가입해 있다. 그가 요구하는 것은 평등, 언론의 자유, 상공업의 자유이다. 소설에서 정치적으로 진보적인 입장을 대변하는 유일한 인물이다.

크뢰거

정치적 입장에서 모르텐과 대응하는 철두철미 보수적 인물이다. 부덴브로크 영사의 장인으로, 토마스의 할아버지인 요한 부덴브로크와 같은 세대 사람이다.

페르마네더

뮌헨 출신으로 문법에 맞지 않는 말을 하는 등 다소 덜떨어지긴 하지만, 요한의 부인은 페르마네더가 이혼한 자기 딸에게 어떠한 의미를 지니고 있는지 잘 알고 있기에 그에게 공손하게 대한다. 토마스도 어떻게든 토니를 재혼시키려고 역시 그를 정중하게 대한다.

바이히브로트

토니와 게르다의 기숙사 사감 겸 선생으로 곱사등이다. 페르마네더와는 가장 대조적인 인물로 뤼벡 출신이다.

작품의 특징: 구조·기법·시점

주요 등장인물인 노인 요한, 영사 요한, 시정장관 토마스, 하노 등 부덴브로크 가족의 신경쇠약 증세는 4대에 걸쳐 나타나며, 가족 중 어느 누구도 노환으로 죽지 않는다는 점이 특징이다. 오로지 "몰락은 병으로 나타나고, 병의 형태들 속에서 표현"된다. 3대 토마스는 사회적 명망이 높아지는 것과는 정반대로 진행되는 내면의 공동화에 고민하다가 끝내 죽음을 맞게 되고, 4대 하노는 생의 의지가 결여된 존재로 10대 후반에 죽으면서 이 작품의 부제 '어느 한 가족의 몰락'의 의미처럼 몰락한다. 이 작품이 지방적 성격을 짙게 띠면서도 전 유럽의 공감을 얻게 된 것은 '정신화'가 지닌 여러 가지 문제가 당시 유럽의 시민 계층의 보편적 성격을 띠는 것이기 때문이다.

『부덴브로크가의 사람들』을 가리켜 누군가 토마스 만의 가족사라고 얘기했듯이, 삶과 정신(죽음)의 대립은 사회생활에서 탁월한 활동을 했던 토마스 만의 선조와, 예술의 길로 퇴화해버린 토마스 만(또는 형 하인리히 만) 자신의 대립이기도 하다. 이를테면 실제로 토마스 만의 아버지와 작중 인물인 시정장관 토마스의 운명은 너무나 닮았다. 두 사람은 뤼벡에 있는 큰 곡물상의 마지막 소유주이자 한자도시의 시정장관이며, 두 사람 모두 갑작스럽게 생을 마감한다는 점 등이 그러하다.

그리고 이 작품 전체를 관류하고 있는 냉철한 주관의 후퇴 및 자연주의적(객관적) 묘사에서 토마스 만의 아이러니의 전형을 볼 수 있다. 예컨대 멩가(街)에 있는 부덴브로크 집안의 유서 깊은 고가옥을 매입하여 비속한 자신의 신흥 가문에다

고귀한 정신화의 색조를 입히려는 하겐슈트룀에게서 '정신에 대한 생의 에로틱'으로서의 아이러니를 엿볼 수 있다. 또한 그에게 집을 팔게 되었을 때 흥분해서 날뛰는 동생 토니와는 달리 마치 남의 일처럼 냉정하게 행동하는 시정장관 토마스 부덴브로크의 태도에서 작가의 아이러니를 엿볼 수 있다.

작품에 나타난 핵심 주제

건전한 시민이었던 1세대에서 4세대로 세월이 흘러감에 따라 정신적·예술적으로는 세련되어가지만 퇴폐와 붕괴로 인해 그 가문은 몰락의 길을 걷는다. 이것은 시민성과 예술성의 대립을 나타내는 것으로, 정신적·예술적 기질의 태동은 시민적인 것의 붕괴 외에는 아무것도 아니라는 것을 뜻한다. 이와 같은 시민 기질과 예술가 기질의 대립은 토마스 만의 작품에서 추구하고 있는 근본 테마이기도 하다.

영향과 의의

'한 가문의 몰락'이라는 부제가 붙은 『부덴브로크가의 사람들』은 토마스 만의 자전적 작품으로, 부덴브로크 가문의 몰락은 유럽에서 정치 문화적으로 시민의 시대라고 특징지었던 산업화 이전 시기의 와해 현상에 대한 전형을 제공한다. 이 작품이 시민성의 몰락을 서술하고 있다 하더라도 토마스 만의 아이러니를 통해 진정한 시민성의 문제를 제기함과 동시에 예술성의 근저가 어디에 있는지를 제시한다.

몰락이라는 말은 토마스 만에게 전적으로 부정적인 의미라기보다는 다의적인 개념이다. 부덴브로크가 사람들의 생물학적·사회적 몰락과 더불어 정신과 예술 감각의 발전이 시작되고, 이후 세대의 생의 의지가 약화되면 약화될수록 그들의 정신적·예술적 가능성은 그만큼 더 커지게 된다. 그래서 그 가족의 몰락은 더욱 철저하고 완벽하게 이루어진다.

『부덴브로크가의 사람들』은 리얼리즘적 소설이자 자연주의적 소설이며, 인상주의적 소설의 요소도 섞여 있다. 또한 북유럽적으로 채색된 시민 소설이기도 하다. 토마스 만 스스로도 『부덴브로크가의 사람들』에 자연주의의 특수한 형식을 도입한 것을 인정한 바 있다. 동시에 철학적인 소설이다. 토마스 만은 이 작품이 형식과 내용 면에서는 매우 독일적인 책이긴 하지만, 또한 초독일적 즉 유럽적인 책이기도 하며 유럽 시민계급이 지닌 영혼의 역사 일부분을 보여준다고 했다.

토마스 만의 첫 장편 『부덴브로크가의 사람들』에서는 두드러지게 드러나는 사조나 사상은 없다. 굳이 따지자면 세기말적 현상, 즉 데카당스가 눈에 띤다고 할 수 있다. 그러나 토마스 만 스스로도 언급했듯이, 이 작품에는 다음과 같은 사조나 사상들이 연관성이 있고, 또 작품 속에 투영되었다.

스칸디나비아의 상인 이야기를 다룬 노르웨이 작가 키일란트, 요나스 리의 서사 작품(키일란트의 『독』, 요나스 리의 『소용돌이』), 프랑스의 자연주의와 인상주의(콩쿠르 형제의 『르네모프랭』: 『부덴브로크가의 사람들』의 구성 형식과 부제), 톨스토이의 거인적 도덕주의(『안나 카레리나』와 『전쟁과 평화』: 『부덴브로크가의 사람들』의 주도동기 Leitmotiv[3] 기법), 저지(低地) 독일어[4]와 영어의 유머러스한 표현, 쇼펜하우어의 고뇌에 관한 철학, 입센의 극적 회의주의와 상징주의(『노라 혹은 인형의 집』: 『부덴브로크가의 사람들』에서 토니의 결혼생활 묘사) 등이 작품 속으로 유입되었다. 또한 4세대에 따라 4개의 큰 단락으로 나뉜 구성은 바그너와 그의 4부작 「니벨룽겐의 반지」와 닮았다.

작품의 구성과 전체 줄거리

작품의 구성

『부덴브로크가의 사람들』은 총 760페이지, 11부로 되어 있으며, 각 부마다 4~15장의 이야기로 구성되어 있다. 그중 1~4부는 1835부터 1855년까지 1세대 노인 요한 부덴브로크와 2세대 영사 요한 부덴브로크의 시기이고, 5~11부는 1855년부터 1877년까지 3세대 시정장관 토마스 부덴브로크와 4세대 하노 부덴브로크의 시기이다.

이 소설에서 토마스 만은 1, 2세대는 건강한 시민의 상으로, 3, 4세대는 몰락의 상으로 설정하고 있으며, 그 외 인물들은 때로는 아이러니컬하게 때로는 우스꽝스럽게 그리고 있다.

전체 줄거리

1부

1세대 노인 요한 부덴브로크와 그의 부인 안토아네트는 멩가로 이사한 후, 2주일마다 한 차례씩 정기적으로 갖는 목요일 가족 모임에 몇몇 친한 친구를 초대한다. 요한 부자의 사실적 묘사가 눈에 띠고 또 식사 장면이 장황하고 자세하게 묘사된다. 식사가 끝날 무렵 함부르크에서 편지 한 통이 날아오는데, 노인 요한의 첫째 부인에게서 난 자식 고트홀트가 자기 몫으로 할당된 유산을 배분해달라는 편지였다. 노인 요한은 화를 내면서 그 요구에 응할 수 없다고 영사 요한에게 말한다.

2부

토마스(톰), 안토니(토니), 크리스티안에 이어, 부덴브로크 영사와 부인 엘리자베트의 네 번째 아이인 클라라가 태어난다. 영사는 부덴브로크 가문의 중요한 사건들이 기재된 비망록에 이 사실을 기록하면서 뤼벡에서 곡물회사를 일으킨 할아버지의 기록물도 함께 읽는다. 회사의 성격과 사업 규모가 묘사된다. 4장에서는 노인 요한 부덴브로크와 부인의 죽음이 묘사되고, 사업은 2세대 부덴브로크 영사에게로 넘어간다.

영사의 세 아이 중 17살의 장남 토마스가 회사 업무를 배우고, 15살의 토니는 행실이 단정치 못해 기숙사로 보내지고, 14살의 크리스티안은 여배우에게 열광한다.

3부

18살이 된 토니는 부덴브로크 상회의 거래상 그륀리히와의 결혼을 강요받는다. 공황 상태에 빠진 토니는 해안으로 휴양을 떠나, 그곳에서 자유주의적 성향의 의대생 슈바르츠코프 모르텐과 사랑에 빠진다. 그러나 그는 토니의 남편감으로는 신분이 맞지 않아 헤어진다. 첫사랑의 슬픔을 안고 집으로 돌아온 토니는 가족의 전통에 대한 의무감을 저버릴 수 없어 그륀리히와 결혼하기로 마음먹는다. 하지만 그륀리히는 오직 토니의 결혼 지참금 8만 마르크가 목적이다.

4부

토마스는 업무를 더 배우려고 암스테르담을 방문한다. 1848년의 혁명이 묘사되지만 뤼벡에서는 별 영향을 받지 않아서인지 다소 아이러니컬하게 그려진다. 그륀리히가 파산했다는 소식이 뤼벡으로 날아오자, 영사는 함부르크로 가서 토니와 손녀 에리카를 데리고 돌아온다. 11장에서 영사의 죽음이 묘사된다.

5부

영사가 죽고 유언장이 공개되는데, 그가 남긴 재산이 의외로 많다. 토마스는 네덜란드 백만장자의 딸 게르다 아놀트선과 결혼한다. 게르다는 토마스의 동생 토니와 바이히브로트 기숙사 친구이다. 부덴브로크 가문은 확고하게 자리를 잡는 듯이 보이지만 토마스와 크리스티안의 불화가 심상치 않다. 토마스는 명예욕뿐만 아니라 세련미도 탐닉하는데, 이러한 취향은 할아버지 요한의 건실한 단순성과 구별되고 또 아버지의 세련됨과도 차이가 난다.

6부

크리스티안은 토마스와의 불화로 회사를 떠난 뒤 함부르크로 옮겨 가서 독립한다. 신흥 부르주아 하겐슈트룀은 이것저것 닥치는 대로 사업을 벌여 부덴브로크가의 지위를 위협한다. 토니는 뮌헨 출신의 페르마네더와 재혼하지만 그 역시 토니의 결혼 지참금으로 무위도식을 일삼아 또다시 이혼한다. 토마스는 다시 사업을 일으키고 이제 정치적 야심도 갖는다.

7부

토마스와 게르다는 아들 하노 부덴브로크에게 세례를 주기 위해 손님들을 초대한다. 심지어 뤼벡 시장을 하노의 대부로 내세우는 데 성공한다. 뤼벡 시의원의 갑작스런 죽음으로 토마스는 보궐선거에 출마하여, 하겐슈트룀을 보기 좋게 물리치고 시의원에 당선된다. 토마스는 으리으리하게 집을 새로 지어 입주하지만 서서히 몰락의 징조가 나타나기 시작한다. 하노는 태어날 때부터 허약하고, 크리스티안은 런던에서 병에 걸려 돌아온다. 클라라는 뇌결핵으로 죽고, 그 남편 티부르치우스는 유산 상속을 노리는 사기꾼임이 드러난다. 토마스는 사회적으로 성공할수록 자신의 직업과 직무를 감당하기 힘들다는 것을 깨닫게 되며, 또한 모든 것이 부정적으로 흘러가는 것을 느끼게 된다.

8부

토마스의 기력은 점점 쇠진되고 사업도 부진하다. 그렇지만 부덴브로크 가문의 명예 때문에 회사 창립 100주년을 맞아 대대적인 행사를 벌인다. 우박으로 곡물 생산은 심한 타격을 받는다. 토니의 딸 에리카는 바인셴크와 결혼한다. 하노는 건강하게 자라주지 않는다. 음악에 탐닉하는 하노 때문에 토마스는 심지어 부인과의 관계도 소원해진다.

9부

2세대 영사 부인이 죽는다. 토마스는 멩가에 있는 부모 집을 매각하는데, 그 집을 새로 사들인 자는 토마스와 경쟁 관계에 있는 하겐슈트룀이다. 토니는 극구 반대하지만 대세는 이미 기운 뒤다.

10부

프랑스-프로이센 전쟁이 끝난 후 포말회사의 범람 시기를 맞아 호황기에 접어드는 듯하지만 부덴브로크 상회는 오히려 악화 일로를 걷는다. 음악 때문에 토마스와 부인 게르다의 관계는 더욱 나빠진다. 게르다가 젊은 장교와 음악 연주를 하는 사실이 세간의 입방아에 오르내린다. 토마스는 분노하지만 이내 무기력에 빠진다. 1873년 47살의 토마스는 자신의 죽음이 임박했음을 깨닫는다. 쇼펜하우어의 저서 『의지와 표상으로서의 세계』에 들어 있는 '죽음과 우리의 존재 자체의 불멸성과 그것의 한계에 대하여'를 읽고 나자 그에게 새로운 지평이 열린다. 1875년 토마스는 치통으로 치과에 갔다가 돌아오는 길에 갑자기 쓰러져 숨을 거둔다.

11부

부덴브로크 상회는 청산 작업에 들어가게 되고 막대한 손해를 입는다. 크리스티안은 정신병원에 수용된다. 학교에서 불합리하고 불공정한 세계를 체험한 하노 부덴브로크는 학교생활에 아무런 흥미를 느끼지 못하지만, 바그너의 음악을 알게 되면서 말할 수 없는 희열을 맛본다. 결국 하노가 1877년 열네 살의 나이에 티푸스로 죽음을 맞게 되면서 부덴브로크가의 남자는 모두 사라지게 된다. 그 후 게르다는 아버지가 사는 암스테르담으로 쓸쓸히 떠난다.

4 장 ── 『토니오 크뢰거』

Tonio Kröger

작품론

작품의 탄생

토마스 만은 괴테를 좋아했고 자기 문학의 모범으로 삼았다. 그래서 괴테가『젊은 베르테르의 슬픔』에서 베르테르를 죽이고 바이마르에 가서 고전주의의 중심인물이 되었던 것처럼, 토마스 만은『부덴브로크가의 사람들』에서 3, 4세대 토마스 부덴브로크와 하노 부덴브로크를 파멸시킴으로써 예술가적 위기를 극복하고 재충전의 전기로 삼으려고 했다. 바로 그 작품이「토니오 크뢰거」이다.

토마스 만은「토니오 크뢰거」를 자신의 '베르테르'라고 표현했다. 그는『부덴브로크가의 사람들』을 집필하던 시기에「토니오 크뢰거」의 구상을 했으며, 여름휴가를 이용하여 뤼벡을 경유한 덴마크 여행에서의 인상이 작품에 반영되었다고 했다. 『부덴브로크가의 사람들』을 통해 죽음의 극복을 시도했다고 한다면, 「토니오 크뢰거」를 통해 삶에 대한 긍정을 시도했다. 즉, 『부덴브로크가의 사람들』에서의 삶의 세계에 있으면서도 죽음(정신)에 대하여 거부하지 못하는 하노의 이야기를, 「토니오 크뢰거」에서는 정신을 본질로 하고 있으면서도 삶에 대해 끊임없이 동경하는 토니오의 이야기로 바꾸어놓았던 것이다.

작품 속의 주요 사건 및 갈등

니체적 특성을 내포한 예술과 현실 간의 모순, 즉 뤼벡적 독일과 뮌헨적 남부 독일의 문제, 성실한 시민계급의 정신과 보헤미안적(예술가적) 기질의 갈등 문제가 중심 내용이다.

토니오는 자신의 순수하지 못한 양심으로 고뇌하는 작가이자, 예술에 전념하기 위해 일상적 삶을 회피하면서도 삶에서의 도피를 배반으로 느끼는 예술가이다. 그에게 문학은 결코 직업이 아니라 저주이다. 토니오는 "문학의 언어를 통한 감정의 신속하고도 피상적인 해결에는 얼음처럼 차갑고 분노를 자아내는 그 어떤 것이 있다"고 말한다. 토니오에게 예술가는 자연으로부터 소외된 인간이다. 그래서 그는 이렇게 읊조린다.

감정, 따뜻하고 심장에서 우러나오는 감정, 그것은 항상 지속하고 쓸모없는 것이다. 우리의 타락하고 기예적인 신경 조직의 흥분과 차가운 도취만이 예술적이다.

주인공 및 등장인물

토니오 크뢰거

시와 음악을 좋아하는 몽상적 소년으로, 쾌활한 금발의 미소녀 잉에보르크 홀름을 알게 되고 그녀에게 마음을 두지만 감히 사랑의 표현은 하지 못한다. 아버지가 죽은 뒤 일가는 몰락하고 어머니는 재혼한다. 토니오는 작가가 되어 세상의 인정을 받게 되지만 내적으로는 고뇌와 고독의 연속이다. 삶과 정신, 시민성과 예술성이라는 대립 명제에 대해 고뇌하던 중 뮌헨에서 알게 된 여류 화가 리자베타에게 자신의 번민을 털어놓는다. 그러나 그녀는 그를 가리켜 "길을 잘못 든 시민"이라고 말한다.

한스 한젠

예술과는 거리가 먼 전형적인 시민 기질의 소유자로, 공부도 잘하고 성격도 활달하며 매사에 모범적이고 적응력이 뛰어난 우등생이다. 예술가 토니오를 경멸하며 토니오가 짝사랑했던 잉에보르크 홀름과 연인 관계가 된다. 예술이란 단어가 필요 없는 인간형이다.

잉에보르크 홀름

금발의 미소녀로, 주인공 토니오 크뢰거가 짝사랑했던 인물이다.

리자베타 이바노브나

러시아 출신의 여류 화가로, 토니오의 여자 친구이다. 북부의 뤼벡적 삶에서 남부 뮌헨적 예술가의 세계로 길을 잘못 든 시민적 예술가 토니오의 좌표를 정해 준다. 토니오와는 문학적 대화가 가능하다.

작품에 나타난 핵심 주제

문학적 실존에 대한 불신과 예술이 예술가를 삶에서 무용한 자로 만들지도 모른다는 불안감으로 "완성된 실제적인 예술가란 어느 시대에서나 사실적 삶과 현실로부터 추방당한다"고 했던 니체의 말처럼, 토마스 만 역시 예술가란 "낯선 땅을 영원히 떠돌면서 삶 자체로부터 배척당하는 불안한 방랑자"라고 파악한다. 이 소설은 건전하고 행복한 시민적 생의 세계를 동경하면서도 그 속에 뛰어들 수 없는 예술가의 숙명적인 고독과 고뇌를 그리고 있다. 즉, 시민은 생활을 직접 살지만, 예술가는 그렇지 못하고 그것을 창조의 대상으로 삼아야 한다는 것이다. 예술가는 생활을 사는 것이 아니라 생활 바깥에 서 있지 않으면 안 된다. 핵심 주제는 '길 잃은 시민의 양극적 고뇌' 내지 '길을 잘못 든 시민 토니오의 자기 성찰'이다.

작품의 특징: 구조·기법·시점

　어떤 의미에서는 『부덴브로크가의 사람들』의 속편이라 할 수 있으며, 죽지 않고 살아서 예술가의 길을 걷고 있는 '하노의 고백'이라고도 일컬을 수 있는 토마스 만적 '젊은 베르테르의 슬픔'이다. 건실하고도 경건한 북부 독일의 시민이었던 아버지의 가업과 정신을 계승하지 못하고 어머니로부터 예술가 기질을 물려받은 주인공 토니오 크뢰거는 남부로 내려와 타락과 온갖 모험을 일삼는다. 그러나 남부 독일 사람들의 예술가인 척하는 태도와 냉혹성보다는 북쪽 자기 고향 사람들의 소박하고 따뜻한 인생을 그리워하고 사랑하게 된다.

　예술가의 세계로 길을 잘못 든 시민 토니오 크뢰거의 예술과 인생의 양극적 고뇌는 이후의 토마스 만 작품들에 끊임없이 나타나는데, 이것은 바로 '아이러니'라는 토마스 만 특유의 작가 정신을 통해 구체화된다. 이 아이러니는 북유럽과

남유럽, 시민성과 예술성, 생과 정신, 건강과 병 등 항상 양극적 모순으로 나타나는 토마스 만적 고뇌를 그 어느 쪽으로도 기울어지지 않게 하는 토마스 만의 산문 정신이며 소설 기법이다.

영향과 의의

「토니오 크뢰거」의 주인공에게서 작가 토마스 만의 자전적 성향들이 꽤 많이 드러난다. 토니오는 청소년기를 뤼벡에서 보내고, 토마스 만처럼 음악을 좋아하는 어머니가 있으며, 바이올린을 연주하고, 그리고 작가의 길로 들어선다. 토마스 만 스스로도 이렇게 고백하고 있다.

"이 작품은 가장 유사한 작품 「베니스에서의 죽음」에 앞서 내 청춘기의 서정성을 나타내 보인다. 「토니오 크뢰거」에 공감하게 되는 까닭은 순수 예술적 관점에서 보면 음악적 특성 때문일 것이다. 아마 이 작품에서 최초로 음악이 내 창작의 문체 및 형식적 구성을 이루게 되었을 것이다."

이 작품으로 토마스 만은 출판인 피셔의 응접실에서 문학계의 권위자인 게르하르트 하우프트만을 알게 된다. 이후 당대의 가장 위대한 극작가와 가장 전도유망한 신진 작가 사이의 교제는 수십 년간 지속되면서 많은 변화를 겪게 된다.

작품의 구성과 전체 줄거리

작품의 구성

　「토니오 크뢰거」는 총 70쪽, 9장으로 되어 있는 단편소설이다. 1~2장은 단순한 예술을 추구하는 토니오의 문학소년 시절 이야기이고, 3장은 창작 수련기이며, 4~9장은 기성작가 시절 이야기이다. 4장에서 리자베타를 만나고, 5장에서 여행을 결심한다. 6장에서 북부 고향을 방문하며, 7장에서는 덴마크를 방문, 8장에서 목적지에 도착하고, 9장에서는 리자베타에게 편지를 쓴다.

전체 줄거리

　학교 공부를 등한시하면서 시와 음악을 좋아하는 토니오

는 다분히 몽상적인 14세 소년이다. 그는 매사에 모범적이고 적응력이 뛰어난 우등생 한스 한센을 짝사랑하지만, 예술과는 인연이 멀고 전형적인 시민 기질을 지닌 한스는 토니오를 경멸한다. 16세가 된 토니오는 무도회장에서 금발의 잉에보르크 홀름을 알게 되고 그녀에게 마음을 두지만, 그녀는 한스와 같은 세계에 사는 인간이다. 그녀 역시 무기력하고 애정 표시도 제대로 못하는 토니오를 경멸한다. 토니오의 아버지가 죽은 후 일가는 몰락하고 어머니는 재혼한다. 토니오는 작가가 되어 세상의 인정을 받게 되지만 내적으로는 고뇌와 고독의 연속이다. 그는 늘 평범하고 건강한 시민 기질의 소유자에 대한 열등감과, 자기 자신은 가장 인간적이고 건전한 것을 동경하지만 그것과는 거리가 먼 생활을 하며 예술가의 고독과 고뇌를 맛보지 않을 수 없는 숙명의 자각 같은 것이 뒤얽혀 삶과 정신, 시민성과 예술성이라는 대립 명제에 대해 고뇌한다. 토니오는 뮌헨에서 알게 된 여류 화가 리자베타 이바노브나에게 자신의 고뇌를 털어놓으나, 그녀는 그를 가리켜 길을 잘못 든 시민이라며 간단히 넘겨버린다.

"당신은 그릇된 길에 접어든 시민입니다. 토니오 크뢰거 씨…… 길 잃은 시민이지요."

리자베타의 이 말은 뤼벡적 삶에서 뮌헨적 예술가의 세계로 길을 잘못 든 시민적 예술가 토니오 크뢰거의 좌표를 극명하게 규정하고 있다.

이처럼 현실 생활과 예술의 갈등 속에서 괴로워하던 토니오는 신분을 감춘 채 북쪽 고향 사람들의 소박하고 따뜻한 인생을 그리워하며 고향을 찾아가지만, 그곳에서 사기꾼이라고 체포되는 상황까지 벌어진다. 예전의 크뢰거의 저택도 지금은 민중 도서관으로 변해 있었다. 소년 시절의 기억이 새로운 북해 해안의 피서지로 여행을 간 그는 스웨덴 해안을 마주보고 있는 알스가르드 해변에서 전에 짝사랑했던 두 사람, 한스와 잉에보르크가 함께 있는 것을 목격하게 된다. 행복한 이들의 모습을 보자 그는 소년 시절의 아련했던 향수가 물밀 듯 밀려온다. 그러나 이들에 대한 사랑은 가슴속의 사랑일 뿐 삶에서 구체적으로 구현되는 것이 아님을 깨닫게 되고, 아울러 예술적 취향을 가진 사람은 시민적인 삶에서는 무능하며 큰 어려움이 있다는 것도 알게 된다. 그리하여 시민적인 삶에 냉담했던 것에 대한 후회와 간절한 그리움으로 리자베타에게 편지를 쓴다.

나는 두 세계 사이에 서 있습니다. 그래서 그 어느 세계에도 안주할 수 없습니다. 그 결과 견디기가 좀 어렵습니다. 당신들 예술가들은 나를 시민이라 부르고, 또 시민들은 나를 체포하고 싶은 충동을 느끼게 됩니다.

내가 지금까지 이룩한 것은 아무것도 아니고 또 별로 많지도 않습니다. 아무것도 하지 않은 것이나 마찬가지입니다. 리자베타, 나는 더 나은 것을 만들어보겠습니다. ……이것은 일종의 약속입니다.

토니오 크뢰거의 이 말에서 초기 토마스 만의 이상적 예술가 상(像)이 분명히 드러나고, 토니오 크뢰거의 이 약속은 한마디로 당시 독일의 세기말적 예술가들과는 다른, 인간적인 세계를 그려보겠다는 1903년 무렵의 토마스 만의 포부이기도 하다.

토니오라는 혼혈아를 통해 토마스 만은 시민사회의 아웃사이더로서 고독하게 살아갈 수밖에 없는 한 예술가의 숙명을 그리고 있으며, 이 인물은 바로 토마스 만 자신의 소년 시절의 자화상이기도 하다. 자신의 예술가적 사명을 성공적으로 수행하기 위해서는 일상인들과 같이 생활해서는 안 되며, 항상 아웃사이더로서 관찰해야 하고, 언제나 고독이란 짐을 지고 뒷전에서 창조해야만 한다는 것이다.

작품론

작품의 탄생

『마의 산 *Der Zauberberg*』(1924)은 토마스 만이 49세 때 출간된 소설로서 그의 작가적 도정에 하나의 큰 전환점을 이룬 작품이다. 「한 비정치인의 고찰」(1918) 이후 공화주의자로 변화한 그의 정치의식과는 달리 『마의 산』에서는 초기 작품들에서 보여준 예술가 및 데카당스의 문제성이 그대로 형상화되어 있다.

토마스 만 스스로 밝히고 있듯이, 『마의 산』은 본래 그것과 짝을 이루는 작품인 「베니스에서의 죽음」보다는 분량이 조금 더 긴 단편소설로 구상되었으나 집필 기간(1913~1924년) 중에 제1차 세계대전이 발발함에 따라 갖가지 명상으로 가득한 방대한 장편소설로 발전하게 되었다.

『마의 산』의 탄생은 1912년 토마스 만의 부인이 가벼운 폐렴에 걸려 고산지대인 스위스의 다보스에 있는 요양원에서 반년 동안 지내게 된 일이 계기가 되었다. 같은 해 5월 말에서 6월 초 토마스 만은 3주 예정으로 부인을 문병했다. 그런데 그가 그곳에서 기관지염에 걸리게 되었고 폐결핵으로 발전될까 염려한 요양원 의사로부터 반년 동안 요양을 권유받은 것이다.

제1차 세계대전이 일어나기 전 당시의 토마스 만은 자신의 의지와는 상관없이 다가오는 시대를 피부로 느끼고 있었으며, 새로운 것 즉 독일 국수주의와는 끝내 타협하지 못했다. 또한 개인적인 정체 의식과 시대의 전환에 대한 예감이 중첩되어 그의 내면에 중대한 위기감이 조성되고 있었다. 전쟁 중에 『마의 산』 집필은 보류되고, 그 대신 「한 비정치인의 고찰」이 완성을 보게 되었다. 이 작품 이전까지의 토마스 만은 정치적 문제와는 동떨어진 예술가였지만 이제 그는 유명한 정치적 저널리스트로 변모했다. 하지만 전쟁이 끝나자 정치적 저작 활동에 신물이 난 토마스 만은 그 즉시 서사 문학과 문학적 에세이로 되돌아갔으며, "교육적 자기 훈련의 책"이라고 스스로 말하는 『마의 산』을 재집필하여 1924년 세상에 빛을 보게 만들었다.

한 가지 재미있는 사실은, 프랑스 작가 앙드레 지드는 토마스 만이 노벨 문학상을 받자 축전을 보내면서 노벨상 위원회에서 선정한 『부덴브로크가의 사람들』보다 『마의 산』을 더 높이 평가했다는 점이다. 물론 토마스 만 자신도 이 사실을 부정하지 않았다.

미국에서는 영문판 『마의 산 *The Magic Mountain*』이 베스트셀러가 되고, 독일에서는 『부덴브로크가의 사람들』의 새로운 문고판이 거의 100만 부 이상 팔려나갔다. 하지만 정작 『마의 산』의 판매는 5만 부 정도에 그친 데 반해, 레마르크의 전쟁소설 『서부전선 이상 없다』는 100만 부 이상 팔렸다. 이로써 당시의 시대 상황이 어떠했는지 짐작할 수 있을 것이다.

주인공 및 등장인물

한스 카스토르프

견실한 시민계급 출신의 24세의 독일 청년이다. 엔지니어 시험에 합격한 후 고향 함부르크를 떠나 사촌 요아힘 침센이 치료받고 있는 베르크호프 요양원으로 3주 예정으로 여행을 떠난다. 그러나 그곳에서 병이 발견되어 7년 동안 머물게 된다. 제1차 세계대전이 일어나자 완치되지 않은 상태로 참전한다.

요아힘 침센

카스토르프의 사촌으로, 제국군대 사관후보생으로 임용되었다가 폐결핵으로 요양원에 들어온다. 사명감이 강한 전형적인 프로이센 군인형이다. 병이 낫지 않은 채 군대에 들어갔다가 병이 더 악화되어 다시 요양원에 돌아온다. 요양원에서 죽는다.

베렌스

베르크호프 요양원의 원장. 요양원의 소유자이고 경영자인 것처럼 보이지만, 실은 그의 배후에는 모습을 드러내지 않는 권력이 존재하고 있다. 수술의 대가이며 그림에도 조예가 깊다.

크로코프스키

베렌스의 조수로, 환자들의 정신 분석에 흥미를 가지고 있다.

로도비코 세템브리니

요양원의 이태리인 환자. 합리주의자이며 진보주의자로 자처하는 인문주의자이다. 그는 본질적으로 죽음의 세계에 친근감을 느끼는 카스토르프를 이성과 진보의 믿음이 존재하는 의무와 일의 세계인 평지 세계로 되돌려 보내기 위해 많은 노력을 한다. 그는 형식·아름다움·자유·명쾌함·향락을 긍정하고 존중하고 사랑하듯이, 평지 세계에서 통용되는 건강과 육체를 긍정하고 존중하고 사랑한다. '육체는 바로 정신'이라는 일원론자이다.

레오 나프타

폴란드인 환자. 예수회 교도이며 허무주의적인 반자본주의자이다. 육체는 타락하고 부패한 것이고 건강은 비인간적인 것이라고 생각하며, 오히려 병과 죽음을 찬양한다. '육체는 자연이며, 그 자연은 정신과 대립'된다는 이원론자이다.

클라브디아 쇼샤

러시아인 환자. 키르키즈인 눈처럼 회색을 띤 매력적인 푸른 눈과 관능적인 외모의 소유자로, 질병과 죽음을 상징하는 인물이다. 주인공 카스토르프가 병과 죽음의 세계, 그리고 관능의 세계인 '마의 산'에 빠져드는 결정적 원인은 쇼샤 부인에 대한 관심 때문이다.

페터 페페르코른

네덜란드 식민지 자바의 커피 재배업자로, 동양과 서양을 동시에 대표하는 인물이다. 1부 마지막에 요양원을 떠났던 쇼샤 부인의 동반자로서 그녀와 동시에 요양원에 나타난다. 건강과 삶을 긍정하는 디오니소스적 인물이다. 소설 속에서 세템브리니와 나프타를 왜소하게 만들고, 쇼샤 부인의 위험성을 중립화시키며, 주인공 카스토르프를 강하게 만드는 기능을 한다.

작품의 특징: 구조·기법·시점

『마의 산』은 그 해석의 관점에 따라 교양소설, 시대소설, 시간소설, 성년입문소설 등으로 분류되는데, 『마의 산』이 지니는 이 여러 가지 양상들은 바로 토마스 만의 아이러니이다. '전형적으로 독일적인' 교양소설적 전통하에서 전 세계를 포괄하려다 보니 작품이 길어지고, 여러 방면을 고찰하게 되며, 또 뭔가를 직접적으로 말하면 진부한 것이 되어버리므로 철학적 깊이도 더해지게 된다. 이 모든 필연성 때문에 자연스럽게 토마스 만의 아이러니가 생겨나는 것이다.

토마스 만은 1939년 프린스턴 대학의 학생들에게 『마의 산』을 소개하는 자리에서 "작가 자신이 작품의 최상의 전문가이고 해설가라고 생각하는 것은 착오"라고 말하면서도 이 작품이 『파르치팔』과 『빌헬름 마이스터』의 연장선상에 놓일 수 있는 교양소설이라고 했다. 또 주인공 한스 카스토르프가 그의 두 인도자인 세템브리니와 나프타를 통해 삶에 입문하는 측면에서 볼 때 이 소설은 성년입문소설이라고도 했다. 또 단순한 청년인 한스 카스토르프가 요양원이라는 마적 폐쇄 공간에서 체험하게 되는 것이 쇼펜하우어적 정지된 현재(nunc stans) 즉 죽음의 체험이라는 점에서 이 이야기는 시간소설이 될 수도 있고, 그런가 하면 이 작품이 제1차 세계대전을 전후한 작가 자신의 정치적 개안을 반영하고 있다는 점에서는 시대소설일 수도 있다. 이는 토마스 만 자신이 직접 "『마의 산』은 이중적 의미에서의 차이트로만(Zeitroman: 시대소설)이다"라고 분명하게 말한 적이 있기 때문이다.

또한 『마의 산』의 결말이 현실 차원인 전쟁에서 끝나고 있음은 이상주의적 세계관을 전제로 하는 고전적 교양소설에 대한 아이러니컬한 비판이라고 할 수 있다. 다시 말해 주인공 한스 카스토르프가 찾는 성배(聖杯)란 중도의 이념이며, 죽음을 체험한 후에 찾게 되는 새로운 삶이자 장차 도래할 인류애의 개념이다. 그리고 눈 덮인 산상에서 방황하던 카스토르프가 인간에 대한 꿈을 꾸는 '눈'의 장(章)에서 인류애라는 이념을 발견하게 되지만, 산에서 내려와서는 곧 잊어버린다. 이것이 바로 토마스 만적 아이러니 기법의 전형적인 예이다.

작품에 나타난 핵심 주제

『마의 산』에서도 여전히 시민성과 예술성, 생과 죽음, 건강과 병, 문명과 야만 등 토마스 만적 여러 양극적인 개념들이 문제가 되고 있긴 하지만, 여기서 토마스 만은 그가 사랑한 많은 것에 대한 관념적 결별을 단행함으로써 한 걸음 더 현실 세계에 접근하고 있다. 주인공 한스 카스토르프의 "인간은 선과 사랑을 위해 결코 죽음에 자기 사고의 지배권을 내주어서는 안 된다."라는 인식이 이 작품의 주제라고 할 수 있다.

영향과 의의

『마의 산』은 독일의 전통적 교양소설과 아이러니적 관계를 지닌다. 독일 계몽주의와 고전주의 시대를 거쳐 오면서 형성된 교양소설 이념은 한마디로 현실의 궁핍과 모순을 어떤 미적 총체성 속에서 극복하고자 했던 독일 시민계급의 정치의식의 반영이다. 그것의 발생은 외형적 구조가 문제되는 것이 아니라 사회와의 관계가 중요한 계기를 갖는다. 교양소설은 한 인물이 겪는 상이한 현실 영역과의 대결을 주제로 하며, 주체와 세계, 이상과 현실 사이의 긴장을 강조한다. 그런 점에서 교양소설은 자서전적 소설 및 시대소설 또는 사회소설과 서로 경계가 닿아 있음을 보여준다. 그러나 『마의 산』에서는 조화로운 이상을 향해 주인공의 내적 성장이 유도된다거나, 그 발전 단계가 뚜렷하게 설정되어 있다는 등의 모습은 찾아볼 수 없다.

그래서 『마의 산』은 죽음을 통해 인도주의로 상승되는 교양소설임은 확실하지만, 전통적인 교양소설과는 다른 면모를 보인다. 즉, 전통적 교양소설에서는 주인공이 이상을 향해 단계적으로 발전하는 데 반해 여기서는 연금술적 승화작용을 통해 죽음에서 삶으로의 극복을 가져온다. 『마의 산』에서 주인공 한스 카스토르프가 마지막으로 이끌어낸 휴머니즘적 비전도 곧 전쟁이라는 현실로 나타나는데, 이것은 주인공의 내적 자아와 사회적 현실 사이에 존재하는 간극(間隙)의 심화라고 할 수 있다.

한편 고지의 고급 요양원은 제1차 세계대전 발발 전 유럽의 자본주의적 사회를 반영하고 있다. 이렇듯 『마의 산』은 전전(戰前) 사회를 비판하는 전경(前景)을 지니고 있는 소설이다.

이 작품의 줄거리는 1907년에서 1914년까지의 기간을 배경으로 하고 있지만, 작품의 문제성에서는 이미 그 이후의 시대정신까지도 포괄하고 있다. 호화로운 요양원에서의 대화를 비롯하여 그 밖의 모든 성찰은 전후(戰後) 유럽의 문제들을 중심으로 선회한다. 작품은 전통 소설, 나아가 꼼꼼한 리얼리즘 소설의 인상을 풍긴다. 그러나 정작 토마스 만은「마의 산으로의 안내」에서 이렇게 밝히고 있다.

주인공의 이야기는 틀림없이 리얼리즘 소설의 수법으로 전개되지만, 그것은 리얼리즘 소설이 아니다. 그것은 정신적이고 이념적인 것을 위해 리얼리즘적인 것을 상징적으로 고양하고 투명하게 하는 가운데 지속적으로 리얼리즘적인 것을 뛰어넘는다.

작품의 구성과 전체 줄거리

작품의 구성

　『마의 산』은 총 998페이지, 7권으로 구성되어 있으며, 1~5권까지가 1부, 6~7권은 2부에 속한다. 제1부는 비시민적 세계를 대표하는 쇼샤 부인과 인문주의자 세템브리니의 대립을 그리고 있고, 제5권 마지막 장 '발푸르기스의 밤'에서 그 절정을 이루며, 여기서 쇼샤 부인은 잠시 요양원을 떠난다. 제2부 전반부에는 새로이 등장한 예수회원 나프타와 세템브리니의 대립을 묘사하고 있으며, 중반부에는 나프타와 세템브리니의 결론 없는 논쟁과 제1부에서 요양원을 떠났던 쇼샤 부인과 함께 새로이 등장한 페페르코른이라는 인물이 서로 대비되고 있다.

전체 줄거리

1907년 견실한 시민계급 출신의 젊은이 한스 카스토르프는 엔지니어 시험에 합격한 후, 사촌도 문병하고 기분전환도 할 겸해서 고향 함부르크를 떠나 멀리 알프스의 고지대에 위치한 다보스로 3주 예정으로 여행을 떠난다. 그곳에 있는 고급 폐결핵 요양원 베르크호프에는 제국군대 사관생도인 사촌 요아힘 침센이 치료를 받기 위해 5개월째 체류하고 있다.

천재도 아니고 바보도 아닌 단순한 주인공 카스토르프가 방문하려는 다보스 국제요양원 베르크호프는 세계 각처에서 서로 이질적인 특징을 지닌 인간들이 모여들어 완전히 별개의 세계를 이루는 곳이다. 이들은 언어나 교양, 지식수준도 천차만별이어서 주인공 카스토르프에게는 아주 낯선 새로운 세계로 보인다. 소설의 첫 부분에서부터 카스토르프의 여행은 '마의 산'이라는 제목이 암시하는 바대로, 마력의 지배를 받게 된다. 요양원으로 가기 위해 산을 오르내리고 배를 타고 호수를 건너기도 하고 기차로 갈아타 몇 번이나 초라한 작은 역에서 정차하기도 하면서 그는 점점 더 혼란스러워져 방향조차 알 수 없게 된다.

산상의 요양원은 진지한 삶이 지배하는 평지의 세계와는 아주 대조적인 곳이다. 세계 곳곳에서 온 환자들 중에서 카스토르프의 내면 성장을 위해 교육자 역할을 하는 인물로 세템브리니, 나프타, 쇼샤 부인, 페페르코른 등을 들 수 있다. 각 인물의 등장 시점과 역할은 판이하다. 주인공 한스 카스토르프는 그를 교육시키려는 네 명의 교육자의 노력과 대립으로 전통적인 의미의 교양을 쌓아나가는 것 같지만, 결국은 어느 쪽에도 치우치지 않고 거리를 유지하게 된다. 즉, 『마의 산』의 핵심이 되는 '눈'의 장 꿈속에서 세템브리니와 나프타 그 어느 쪽에도 치우치지 않고 그저 고개만 끄덕이는 한스 카스토르프의 태도는 확정도 결단도 내리지 않는 '유보로서의 아이러니'를 결정적으로 드러낸다.

특히 교양소설적 전통하에 있는 주인공 한스 카스토르프의 '눈'의 장에서의 인식은 우리에게 아주 의미심장한 메시지를 전해주는 듯하지만, 애써 얻은 그의 인식마저도 다시 상대화되어 금방 모호해지게 되는 것 또한 토마스 만의 아이러니의 특징이다. 소설 『마의 산』에서는 '눈'의 장에서의 인식 이후 새로운 인물 페페르코른의 등장으로 새로운 대립이 이루어지게 된다. 즉, 카스토르프는 '눈'의 장에서 세템브리니와 나프타의 논쟁에 대한 자기 나름의 합명제— "인간은 선과 사랑을 위해 결코 죽음에다 자기 사고의 지배권을 내어주어서는 안 된다"—를 얻어내지만, 그것을 다시 잊어버림으로써 새로운 교육자 페페르코른이 등장하게 되는 것이다. 그러나 페페르코른의 카스토르프에 대한 영향은 외적으로는 의미

있는 종합적 인간상으로 수용되지만, 내적으로는 새로운 시대적 이념을 받아들이지 못하는 무기력한 인간상을 벗어나지 못한다. 결국 카스토르프는 병과 죽음이 지배하는 베르크호프 요양원에서 하산하여 현실적 삶으로 방향을 돌린다. 참전이 그것이다. 이러한 결과론은 '교양 이상'에 도달하지 못했다고 볼 수 있으므로 전통적 의미에서의 교양소설로 간주되기는 어렵다.

결국 『마의 산』에서 주인공 한스 카스토르프는 그의 교육자들의 의견을 자기 것으로 받아들인 것이 아니라 볼 수 있다. 즉, 그들 교육자의 의견을 통해 그가 자신의 지평을 현저히 확장하긴 하지만, 그에게 그들의 의견은 절대적 가치를 지니지 못한다.

물론 끝없는 대화와 명상이 줄거리라고 단순하게 말할 수 있다면 그것이 바로 『마의 산』의 줄거리일 수 있다. 의사들이 주인공 카스토르프에게 열이 있음을 확인하고 우선 6개월간 요양할 것을 권고하고 주인공은 의사의 말을 따른다. 이후 체류 기간을 1년, 2년, 3년, 또 그 이상으로 연장하고 거기서 빠져나오지 못할 것처럼 보이는 순간, 마침내 주인공은 마의 산을 떠나기로 결심한다.

2 리라이팅

"나는 자고 싶어. 그리고 더 이상 아무것도 알고 싶지 않아.

나는 죽고 싶어! 난 아무 쓸모 없어."__『부덴브로크가의 사람들』

"나는 두 세계 사이에 서 있습니다.

그래서 그 어느 세계도 고향 같지가 않습니다.

그 결과 약간 견디기가 힘들지요.

당신들 예술가들은 나를 시민이라 부르고,

또 시민들은 나를 체포하고 싶은 충동을 느끼게 됩니다.

내가 지금까지 이룩한 것은 아무것도 아니고 별로 많지도 않습니다.

아무것도 하지 않은 것이나 마찬가지입니다.

리자베타, 나는 더 나은 것을 만들어보겠습니다.

이것은 일종의 약속입니다."__「토니오 크뢰거」

"인간은 선과 사랑을 위해 결코 죽음에다 자기 사고의 지배권을

내주어서는 안 된다. 자, 이제 눈을 뜨자."__『마의 산』

토마스 만 스스로 얘기했듯이, 『부덴브로크 가의 사람들』은 독일 소설이고,

『마의 산』은 유럽 소설이며, 『요셉과 그 형제들』은 인간에 관한 소설이다.

그러나 본 책에서는 아쉽게도 『요셉과 그 형제들』을

분석하지는 못했다. 토마스 만에 매료된 독자라면

인간에 관한 이야기인 『요셉과 그 형제들』의 일독을 권한다.

부덴브로크가의 사람들

1부

영사는 안락의자에 앉은 채 약간 신경질적인 동작으로 몸을 구부렸다. 그는 옷깃이 넓고 소매는 곤봉 모양인 계피색 상의를 입고 있었으며, 상의 소매는 팔꿈치 아래부터 좁아지더니 손목을 꼭 졸라매고 있었다. 물빨래가 가능한 흰 천으로 된 바지에는 검은색 줄무늬가 쳐져 있었다. 그의 턱이 간신히 버티고 있는 높고 뻣뻣한 칼라 주위에는 비단 넥타이가 매어져 있었는데, 알록달록한 조끼의 가슴 부분을 덮을 만큼 큼지막하고 두꺼웠다. 그의 아버지보다 좀 더 몽상적이긴 하지만 약간 움푹하고 주의 깊은 푸른색 눈은 아버지와 흡사했다. 하지만 표정은 아버지보다도 훨씬 더 진지하고 날카로웠으며,

코는 힘찬 곡선을 그리며 우뚝 솟아 있었다. 곱슬곱슬한 황금빛 턱수염이 뺨의 한가운데까지 뻗어 있었는데, 늙은이의 뺨보다 훨씬 더 홀쭉해 보였다.

때는 목요일, 2주일에 한 번씩 가족이 정기적으로 모이는 날이었다. 그러나 오늘은 가족 외에도 몇몇 친한 친구도 오찬에 초대되었다. 사람들은 손잡이가 높은 고급스런 의자에 앉아 묵직한 은그릇에 든 음식을 먹고, 향기롭고 맛있는 포도주를 마시며 담소를 나누고 있었다.

"네, 본론을 말씀드리자면 아버님께 문안인사 말고 따로 드릴 말씀이 있습니다. 이 편지가 오늘 오후에 도착했는데요. 아버님을 괴롭히고 싶지 않아서…… 이 유쾌한 밤에……."

"이거 고트홀트가 보낸 거로구나!"

노인은 봉인된 푸르스름한 편지를 받고 애써 아무렇지도 않다는 듯이 행동했다.

"너의 이복형한테서 온 거야, 장! 최근에 두 번째 편지는 내가 답장을 보내지 않니? 그런데 또 세 번째 편지를 보내다니."

아버님!
원칙적으로 저의 상속권이 박탈당한 것으로 볼 수 없기 때문에 이 특별한 경우에 집값의 1/3에 해당하는 배상금을 요구하는 바입니다. 그리고 아버님이 저의 정당한 요구를 들어주지 않으신다면 더 이상 아버님을 기독교인으로도 내 아버지로도 실업가로도 존중할 수 없다는 점을 마지막으로 분명하게 말씀드립니다.

고트홀트 부덴브로크 올림

2부

그로부터 2년 반이 지난 1838년 4월 중순경 요한 부덴브로크 노인이 콧노래를 흥얼거리게 하고, 그의 아들도 기쁨에 젖게 만든 사건이 일어났다. 영사는 가족일지에 이렇게 썼다.

1838년 4월 14일, 오늘 아침 6시에 나의 사랑하는 아내 엘리자베트는 자비로우신 하느님의 도우심으로 딸을 분만했다. 그 아이는 세례성사 때 클라라라는 이름을 받게 된다. 그렇다, 하느님은 얼마나 자비롭게 그녀를 도와주었던가. 주 여호와여! 모든 고난과 위험으로부터 도와주시고 당신의 의지를 올바로 인식하도록 우리를 가르쳐주옵소서. 아, 주여, 우리가 지상에 살고 있는 한 우리 모두를 이끌고 인도해주옵소서!

그러나 클라라가 태어나고 얼마 지나지 않아 노인 요한은 죽음의 문턱에 이르렀다. 노인 요한이 위중하다는 소식을 듣고 영사의 이복형 고트홀트가 뤼벡에 도착했다.

고트홀트는 동생에게 악수도 청하지 않고 크고 경쾌한 목소리로 말했다.

"요한, 아버님 상태는 어때?"

"형님, 아버님께서 오늘 새벽에 돌아가셨어요!"

영사는 떨리는 목소리로 말하며 우산을 쥐고 있는 형의 손을 잡았다.

"아버님이! 요한, 아버님께서 마지막까지 변하신 게 아무것도 없었나?"

"네, 아무것도 없었어요."

"그렇다면 내가 너의 정의감에서 무얼 기대할 수 있겠니?"

고트홀트는 목소리를 낮추어 말했다. 그러자 영사가 눈을 내리 깔고 나지막하고도 단호하게 말했다.

"나는 이 어렵고 심각한 순간에 동생의 입장에서 형님께 손을 내밀었어요. 하지만 사업 문제라면 나는 오늘 명예로운 상사의 대표로서 언제나처럼 형님과 맞설 수밖에 없습니다."

영사는 무사히 장례를 치르고 난 뒤 한 가지 일로 마음이 아팠다. 아버지 노인 요한이 당신의 장손인 토마스가 그해 부활절 무렵에 이미 사업에 참여했는데 그걸 보지 못하고 세상을 떠난 것이다.

토마스의 동생들 중 토니는 행실이 단정치 못해 바이히브로트 양이 있는 기숙사로 보내지고, 크리스티안은 어떤 연극 배우에게 빠져 있었다. 그 여배우의 연기에 감동한 나머지 크리스티안은 그녀에게 꽃다발을 바쳤으며, 감격의 눈물을 흘리기도 했다. 그들과는 달리 클라라는 명랑하고 반듯하게 자라 사람들의 기대에 부응했다.

3부

"유쾌한 사람이야!"

영사는 그륀리히를 바래다주고 와서 말했다. 그의 말에 토니는 또박또박 힘주어 반박했다.

"그런데 내가 보기에는 너무 속돼 보이던걸요"

"토니! 그게 무슨 소리니! 말도 안 돼! 그렇게 착실한 기독교 신자를!"

영사 부인이 화를 내며 말하자 영사도 거들었다.

"행실도 바르고 세상 물정에도 밝은 사람이야! 넌 제대로 알지도 못하고 말하는 거야. 그리고 이 결혼은 의무와 운명이 정하는 바로 그런 결혼이야. 알겠니?"

"당치도 않은 소리예요! 그륀리히 씨와 결혼한다는 것은 터무니없는 짓이에요! 저는 늘 그를 조롱해왔어요. 그가 나를 이렇게 괴롭힐 줄은 정말 꿈에도 몰랐어요!"

토니가 소리쳤다.

그륀리히와의 결혼 문제로 토니는 정신적 공황 상태에 빠져 요양을 위해 바다로 여행을 떠났다. 토니 부덴브로크의 아름다운 여름날은 그렇게 시작되었다. 젊은 슈바르츠코프는 회색 펠트 모자를 쓰고 책을 손에 쥔 채 그녀 옆에서 나란히 걸었다. 이전에 트라베 강 가에서 묵었을 때보다는 짧은 기간이지만 더 즐거운 시간들이었다. 그녀는 활짝 피어났다. 그녀를 방해하는 것은 아무것도 없었다. 그러나 다시 고향에 돌아와서 가족의 전통에 대한 의무감 때문에 그륀리히와 피치 못한 결혼을 할 수밖에 없었다.

4부

자식 문제로 영사는 힘든 나날을 보냈다. 토마스는 폐결핵에 걸려 피를 쏟았다. 영사는 사업을 대리인에게 맡기고 곧장 암스테르담으로 달려갔다. 다행히 아들의 병이 위독한 상태는 아니었지만 그래도 요양이 시급하다는 결론을 내렸다.

영사가 다시 뤼벡으로 돌아오고, 이후 회사는 한동안 힘든 상황이었다. 그러던 중에 또 일이 터져버렸다. 사위인 벤딕스 그륀리히가 지불 불능 상태에 빠진 것이다. 영사는 함부르크로 가서 토니와 손녀 에리카를 데리고 왔다. 영사는 진심으로 이 결혼이 성사되지 않았더라면 더 좋았을 텐데 생각하며 속마음을 토니에게 털어놓았다.

"토니, 난 너의 신분에 어울리는 생활 방식을 마련해주기 위해 내 의무를 다해 노력했다고 생각한다. 그렇지만 하늘의 뜻은 달랐던 모양이야. 청혼했을 당시 그륀리히야말로 신랑감으로는 최고의 조건을 갖추고 있었지. 목사 아들에다 기독교 신자요 처세도 나무랄 데 없지 않았어."

영사의 말에 토니는 한숨을 내쉬면서 아빠를 위로했다.

"다 지나간 일이에요, 괜찮아요! 그 문제로 너무 신경 쓰지 마세요. 아빠 얼굴이 창백해 보여요. 마실 거라도 좀 가져올까요?"

그로부터 얼마 후 영사 요한 부덴브로크는 숨을 거둔다.

5부

토니가 울분을 터뜨리기에는 분위기가 너무 슬프고 무거웠다. 영사가 사망한 지 2주일이 되는 어느 날 오후 그의 유언장이 개봉되었다. 영사가 남긴 재산은 생각보다 훨씬 더 많았다. 장녀 토니의 지참금은 물론 고스란히 날려버렸지만.

1856년 2월 초, 8년 만에 크리스티안 부덴브로크는 집으로 돌아왔다. 커다란 격자무늬가 있는 열대풍의 노란색 양복을 입고 함부르크에서 역마차를 타고 왔다. 그는 당황하고 멍한 태도로 어머니의 포옹을 받아들였다.

한편, 회사는 영사가 사망한 뒤에도 건실한 행보를 계속했다. 토마스 부덴브로크가 대표가 되고 나서부터는 회사는 전보다 더욱 탄탄해진 느낌이었다. 그러나 동생 크리스티안과의 불화가 심상치 않았다. 하지만 크리스티안은 형에게 증오심을 품거나 대들거나 할 인물이 아니었다.

토니는 그녀가 존경하는 오빠 토마스가 그녀의 친구인 게르다와 결혼한다는 사실에 무척 기뻤다. 그녀는 가족과 회사에 서광을 비춰주는 30만 마르크라는 엄청난 액수의 결혼 지참금을 가지고 왔다.

6부

"뭐가 어쩌고 어째, 토마스! 나한테 어떻게 그렇게 말할 수 있어! 좋아, 내 발로 걸어 나갈 거야. 날 쫓아낼 필요는 없어."

크리스티안의 분노가 폭발했다. 전에는 볼 수 없던 모습이었다.

토니는 '엑스, 노페 상사'라는 작지만 아주 견실한 회사를 운영하는 페르마네더 씨와 재혼했다. 결혼식은 토니가 바라던 대로 진행되고, 어린 에리카도 페르마네더의 허락하에 뮌헨에서 함께 살게 되었다. 그러나 새로운 삶에 대한 토니의 기쁨은 물거품처럼 사라지고 말았다. 페르마네더가 지참금을 받자마자 실업자 생활에 들어갔던 것이다. 아무런 희망이 없었다. 마침내 토니는 오빠 토마스에게 하소연하기에 이르렀다.

"오빠, 크리스티안에게서는 전혀 좋은 소식을 기대할 수 없을 것 같아. 난 이제 끝장이야. 난 다시는 일어설 수 없어. 그래, 이 쓸모없는 여자를 오빠가 이제 죽을 때까지 돌보아줘야 해. 오빠를 도와주려고 했는데…… 이렇게 완전한 실패로 끝날지 정말 꿈에도 생각지 못했어. 오빠, 이제 우리 부덴브로크가의 명예는 오로지 오빠의 양어깨에 달렸어. 신의 가호를 빌어."

토니는 딸 에리카의 교육에 온몸을 바쳤다. 딸에게 자신의 마지막 희망을 걸었던 것이다. 이렇게 토니의 두 번째 결혼생활은 막을 내렸다.

7부

1861년 봄 부덴브로크 가문에 종손이, 또 하나의 부덴브로크가 태어났다. 얼마나 기다렸던 아이인가! 태어난 지 4주가 지난 지금 아기는 성스러운 세례식을 하고 있다. 그런데 아기의 콧잔등과 눈두덩 사이가 움푹 들어가 푸르스름하게 그늘져 있다. 불길한 징조는 아니리라.

아기의 또 한 사람의 대부는 누구인가? 백발이 성성한 품위 있는 노신사, 바로 뤼벡 시장 외버디크 박사이다. 그것은 하나의 사건이요 부덴브로크 가문의 승리라고 할 수 있다. 어떻게 그런 일이 일어날 수 있었는지 아무도 짐작하지 못했다.

단지 아기가 태어났을 때 너무나 기쁜 나머지 그냥 농담으로 "사내아이다, 토니! 시장을 대부로 삼아야겠다!"라고 영사가 말했을 뿐이었는데…… 토니는 진지하게 그 문제를 거론했고, 결국 가족회의에서 일단 시도해보자는 결정을 내렸으며, 그리하여 정중하게 예의를 차려 시장을 찾아가 아기의 대부가 되어달라고 청을 넣어 허락을 받은 것이다.

그 즈음 뤼벡 시의 늙은 시의원이 사망했다는 소문이 나자 모든 사람의 관심사는 오로지 후임자가 누가 될 것인가에 집중되었다. 많은 사람이 거명되고 걸러지고 또 다른 이름들이 떠올랐다. 양조장을 하는 에두아르트 키스텐마커 영사와 헤르만 하겐슈트룀 영사도 명단에 올랐다. 하지만 시종일관 물망에 오른 사람은 토마스 부덴브로크였다. 선거일이 다가올수록 그와 헤르만 하겐슈트룀이 가장 강력한 후보로 떠올랐다.

부덴브로크 편을 드는 남자가 정치를 좀 안다는 듯이 덧붙였다.

"그런데 말이야, 시장 외버디크가 영사 아들의 대부가 되었다지. 그게 뭘 의미하는지 모르겠어?"

"그렇지 그래, 그게 효력을 발생했구나!"

마침내 토마스 부덴브로크는 시의원에 당선되었다.

부덴브로크 시의원 부인은 자기 아들을 '하노'라고 불렀다. 하노의 갓난아기 시절은 삶과의 처절한 투쟁의 연속이어서 주위의 가족은 늘 불안감을 떨쳐버릴 수가 없었다. 아이는 걸음마도 늦고 말도 늦어 걱정을 많이 끼쳤으나 이젠 좋아졌다.

하노는 몸은 호리호리했으나 나이에 비해 키는 큰 편이었다. 벌써부터 그에게서 가족의 특징이 뚜렷하게 드러나기 시작했다. 넓적하고 다소 짧은 편이면서도 섬세한 손은 누가 봐도 부덴브로크 가문의 손이었다.

7월 초 어느 일요일 저녁 토니는 오빠 집을 방문했다. 부덴브로크 시의원은 4주 전에 새집으로 이사했었다.

토마스는 토니에게 그동안 일어났던 이런저런 이야기를 설교조로 들려주었다.

"행복과 성공이란 우리 마음속에 있는 거야. 마음이 느슨해지고 피곤해지기 시작하면 우리를 둘러싸고 있는 모든 것이 반항하면서 우리의 영향력에서 벗어나고 마는 거지. 그렇게 되면 망하고 말아. 난 요즘 들어 터키 속담을 자주 생각하곤 해. '집안이 망하면 죽음이 온다.' 알겠니? 토니야."

그런지 한 달이 지난 8월의 무더운 오후 클라라가 죽었다는 소식을 시의원은 늙은 어머니한테 알렸다. 시의원은 토니와 크리스티안에게 핀잔을 했다.

"어머니, 클라라는 신앙심은 깊었지만 세상 물정을 모르는 여자였어요! 토니는 어린애에 불과하고요. 또 크리스티안은 어때요? 티부르치우스를 클라라의 남편감으로 괜찮다고 추천했잖아요. 그가 그럴 줄 누가 상상이나 했겠어요! 이 간교한 목사가 어떤 인물인지 아직도 모르겠어요? 그는 아주 못된 인간이에요! 유산을 노리는 못된 사기꾼이란 말이에요!"

"사위란 놈들은 모조리 사기꾼이었어요."

토니는 거친 목소리로 말했다.

8부

토마스 부덴브로크는 늘 활동적이었으며 많은 성공을 거두었다. 하지만 지금은 기력이 완전히 소진되어 있었다. 그의 아버지, 할아버지, 증조할아버지라면 푀펜라드의 수확물을 입도선매했을까? 그러나 그것은 아무래도 상관없다. 문제는 그들은 실천가였을 뿐 아니라 토마스보다 더 완벽하고 강건하고 공평무사한 사람들이었다. 의기소침해진 토마스는 회사 창립 100주년도 그냥 넘어가려고 했다.

"톰, 그렇게 말해서는 안 돼. 요한 부덴브로크 회사 창립 100주년을 몰래 넘긴다면 그건 치욕이고 수치라는 것쯤은 잘 알고 있겠지! 오빠는 지금 신경이 약간 날카로워져 있을 뿐이야. 나도 그 이유를 알고 있어. 하지만 그때가 되면 우리 모두 즐거운 마음으로 감격할 거야."

토니의 말은 옳았다. 얼마 후 회사 창립 기념일에 오랫동안 명성을 누렸던 부덴브로크 회사의 연혁을 요약한 기사가 여러 신문에 실렸다.

한편, 하노의 건강은 늘 좋지 않았다. 특히 어릴 때부터 그의 치아가 말썽을 부렸다. 젖니가 날 때 고열과 경련이 동반하는 바람에 거의 목숨을 잃을 뻔했다. 그런 데다 툭하면 잇몸이 붓고 종양이 생겼다. 영구치가 날 때도 고열과 고통으로 몹시 힘들어했다. 겉보기에는 어머니처럼 아름답고 하얀 치아였지만 실제로는 너무나 약했다.

9부

모두들 소스라치게 놀랐다. 그게 무슨 일이었던가? 누가 불렀기에 그렇게 금방 따라갔던가?

누군가 창문의 커튼을 내리고 촛불을 껐다. 그라보 박사는 부드러운 표정으로 망자의 눈을 감겨주었다. 영사 부인, 즉 토마스의 어머니가 숨을 거둔 것이다. 하노는 무서웠지만 할머니의 시신과 작별을 고하라는 아버지의 말을 감히 거역할 수 없었다.

이후 무슨 일이 일어났는가? 벌써 그 집에 관심을 가지고 사고 싶어 하는 사람이 나타난 것이다. 그 사람은 바로 거상이자 포르투갈 국왕의 영사인 헤르만 하겐슈트룀 씨였다.

"그건 안 돼, 토마스! 내가 살아 있는 한 절대로 안 돼! 하

다못해 개를 팔 때도 새 주인이 어떤 사람인지 살펴보는
데…… 어머니 집을! 우리 집을!"

"아니, 토니 도대체 왜 안 된다는 거야?"

"왜 안 되냐고? 그걸 몰라서 물어? 토마스! 이 집을 사겠다
는 하겐슈트룀은 짐승 같은 인간이야. 옛날부터 하겐슈트룀
가(家)는 우리의 적수야. 그의 조상은 우리 할아버지와 아버
지를 속여 왔어. 또 그 헤르만 영사가 오빠의 사업에 얼마나
해를 끼치고 있는지 잘 알잖아! 그뿐만이 아니야. 에리카가
좋은 데로 시집가자 그가 얼마나 방해를 했는지 알아? 결국
그들은 에리카의 남편을 저 지경으로 만들고 감옥에 처넣어
버렸어. 고양이 같은 그 오빠, 악마 같은 그 검사가 말이야."

10부

순전히 사업상의 일에다 국한시켜 말하자면 토마스의 재
산은 상당히 줄어들었으며, 회사도 침체 상황에서 벗어나지
못하고 있었다. 특히 푀펜라드의 수확물을 거둬들일 때 받은
타격은 거의 회복 불능 상태에 이르렀다.

사회적인 지위로는 몇 년 전에 시의원에 선출된 것이 그가
도달할 수 있는 최고의 지위였다. 토마스 부덴브로크는 시장
이 될 수는 없었다. 비록 그가 시장의 오른팔 노릇을 했다 하
더라도 그는 사업가일 뿐 전문가는 아니었다. 더욱이 그는 인

문계 학교도 나오지 않았고 법률가도 아니었으며 대학 교육도 받지 못했다.

토마스 부덴브로크는 자신의 여생을 피곤하고 못마땅한 시선으로 바라보았지만 어린 하노의 장래도 같은 시선으로 바라볼 수는 없었다. 그는 음악을 원수처럼 여겼다. 하지만 정말로 그게 그토록 심각한 문제였던가? 음악은 아무 문제가 아니었다. 그것은 어머니의 영향일 뿐이었다.

하노는 이제 열한 살이 되었다. 그가 실업학교에 들어가는 것은 가족에겐 기정사실이었다. 사업가가 되어 언젠가는 회사를 떠맡아야 하기 때문이다. 그러나 어린 하노는 자기가 보아야 할 것보다 더 많은 것을 보고 말았다. 금갈색의 푸른빛이 도는 그의 수줍은 눈은 너무나도 날카롭게 관찰하고 있었다. 그는 그의 아버지가 사람들에게 베푸는 자신감에 찬 친절이 얼마나 어렵게 행해지는가를, 그리고 방문을 끝낸 후 마차 구석에 기대앉아 있는 과묵하고 창백한 아버지의 모습을 보았다. 또한 아버지가 다음 방문을 위해 새로운 집에 들어설 때면 바로 그 얼굴에 가면이 씌워지고, 지친 아버지의 거동에 갑작스레 생기가 도는 것을 보았다. 어린 하노의 눈에는 아버지의 그런 모습이 일종의 삶의 목적이자 인위적인 노력으로 비쳤다. 언젠가 자신도 공식 모임에 나타나 모든 사람이 보는 앞에서 그런 식으로 말하고 행동해야 된다는 데 생각이 미치자, 하노는 불안하고 역겨운 감정이 치솟았다.

한편, 토마스 부덴브로크의 부인 게르다 부덴브로크와 그 젊은 장교는 음악에서 서로 공감대를 발견했다. 폰 트로타는 피아노, 바이올린, 비올라, 첼로, 플루트를 탁월한 솜씨로 연주했다. 어떤 때는 폰 트로타의 당번병이 첼로 케이스를 등에 메고 사무실 창의 푸른 블라인드를 지나 집 안으로 사라짐으로써 그의 방문이 임박했다는 사실이 미리 통고될 정도였다.

토마스는 예전보다 더 엄하게 하노에게 예정된 활동적인 직업을 갖기 위한 연습을 시켰다. 그는 아들의 정신력을 시험했고, 아들이 싫어하거나 피곤해하는 기색이 보일라치면 버럭 역정을 내곤 했다. 마흔여덟 살의 토마스 부덴브로크는 여생이 얼마 남지 않았다는 사실을 감지하고 있었다. 그의 육체적 건강은 하루가 다르게 나빠졌다. 식욕 부진, 불면증, 현기증, 오한과 같은 증상들이 점점 심해졌다.

하루는 정원의 흔들의자에 앉아 꼬박 네 시간 동안 어느 유명한 형이상학 체계의 제2부를 읽으며 감동에 사로잡혔다. 그는 뭐라고 말할 수 없는 커다란 만족감에 사로잡혔다. 훨씬 우월한 위치에 있는 정신이 생을 제압하여 유죄 판결을 내리는 것을 보고 비할 데 없는 만족감을 느꼈다. 처음에는 어떤 페이지는 차례대로 읽지 않고 무의식적으로 그의 마음을 사로잡은 부분만 골라 우선적으로 읽었다. 그러고 나서 '죽음과 우리의 존재 자체의 불멸성과 그것의 관계에 대하여'란 제목의 분량이 많은 장(章)은 처음부터 끝까지 글자 하나 빼놓지 않고 통독했다. 입술을 꼭 다물고 눈썹을 치켜 뜬 채 생의 어떠한 자극에도 꿈쩍하지 않는, 죽은 사람처럼 완벽하고 진지한 표정을 지었다. 그런 체험을 한 며칠 후 토마스 부덴브로크는 이빨의 통증을 참지 못하고 병원에 갔다.

"어디가 아픈데?"

"치통이야. 벌써 어제부터야. 간밤에 한숨도 못 잤어. 오늘 오전엔 회사에 일이 있었고 그 다음엔 회의가 있어서 의사한테 못 갔어. 이젠 도저히 참을 수 없어서 브레히트한테 가는 길이야."

"대체 어떤 이가 아픈데?"

"여기 왼쪽 아래 어금니, 충치야. 견딜 수가 없어."

"뭐, 난 안 바쁜 줄 알아? 눈코 뜰 새 없이 바빠. 잘 가! 완쾌를 바라네! 뽑도록 하지! 당장 뽑아버려, 그게 최고야."

토마스 부덴브로크는 입을 꼭 다물고 계속 걸어갔다. 그래서 사태가 더욱 악화되었다. 송곳으로 찌르는 듯한 왼쪽 어금니 통증 때문에 아래턱까지 참을 수 없을 정도로 아팠다. 얼굴에는 고열이 나고 눈에서는 눈물이 솟았다. 밤에 잠을 못 자서 그의 신경은 당장에라도 터질 것만 같았다.

마침내 시의원은 숨을 거뒀다. 그는 두서너 번 나지막하게 흐느끼더니 이윽고 입술을 더 이상 움직이지 않았다. 그에게 일어난 변화라고는 그것뿐이었다. 그의 두 눈은 벌써부터 죽어 있었다. 몇 분 후 현장에 나타난 랑할스 박사는 시신의 가슴에 검은 청진기를 대고 비교적 오랫동안 귀를 기울였다. 그러고는 진찰 결과를 솔직하게 말했다.

"네, 운명했습니다."

11부

청산 작업에 들어간 회사는 일 년 안에 사라질 운명에 처해 있었다. 그것은 시의원이 유언으로 남긴 결정이었다. 토니는 오빠가 하나밖에 없는 상속인을 위해 회사를 살릴 생각을 하지 않았다는 사실에 무척 실망하며 괴로워했다. 하지만 회사가 문을 닫는다고 해서 가문이 끝장나는 것은 아니라고 토니는 스스로를 위로했다.

엎친 데 덮친 격으로 크리스티안에게서 슬픈 소식이 날아왔다. 결혼이 그의 건강에 좋지 않은 영향을 끼친 모양이었다. 그는 점점 더 무서운 망상과 강박관념에 시달렸다. 아내와 의사의 권유로 그는 이제 정신병원에 수용되었다.

하노는 학교에서의 경쟁에 따라가지 못하고 심한 혐오감을 느꼈다. 조상의 견실한 생에서 점점 격리되었다. 그는 친구 카이에게 말했다.

"난 그게 안 돼. 난 곧장 피곤을 느껴. 난 잠이나 자며 더 이상 아무것도 알고 싶지 않아. 난 죽고 싶어, 카이! 아니야, 난 아무 쓸모도 없어. 난 아무것도 바라는 게 없어. 난 이름을 떨치고 싶은 생각조차도 없어. 난 망하는 가문에서 태어났단 말이야."

토마스 만은 의학서적에서 발췌한 티푸스 증세를 소설의 마지막에 그대로 옮겨 적으며 하노의 병에 대한 암시를 한다.

병의 초기 증세는 이러하다. 환자의 마음이 약해지고 울적해지면서 그게 더 악화되다가 급기야는 곧 쓰러질 것 같은 절망적인 상태가 되고 만다. 동시에 무기력 상태에 빠져 신체 근육뿐 아니라 모든 내부 기관의 기능에도 영향을 미치게 된다. 특히 중요한 것은 위에 결정적 영향을 끼쳐 음식물을 소화시키지 못하는 일이 벌어진다. 극도로 피곤한데도 근심 걱정으로 잠을 이루지 못해 머리가 지끈지끈 아프고 마치 안개에 둘러싸인 듯 흐리멍덩하고 혼란스러우며 어질어질한 증세가 나타난다. 온몸이 쿡쿡 쑤시는 것 같고, 가끔씩 코피가 터진다. 첫째 주의 증상은 오한이 심해 온몸이 와들와들 떨리고 이빨이 서로 마주친다. 고열이 나고 가슴과 배에 콩알만 한 붉은 반점이 군데군데 모습을 드러낸다. 손가락으로 눌러 없애면 사라졌다가 금방 다시 생긴다. 1분에 100회 정도로 맥박이 빨라지고, 체온은 40도까지 올라간다.

하노의 마지막 병에 대해서는 비밀이 감도는 듯했다. 이미 병은 끔찍하게 진행된 것이 분명했다. 조금 전까지 아무도 몰라보던 하노가 친구의 목소리를 듣고는 금세 미소를 지었다. 카이는 하노의 두 손에 한없이 입맞춤을 했다.

토니오 크뢰거

1

　비좁은 도시 상공에 첩첩이 낀 구름 위로 겨울 해는 희미하게 빛나고 있었다. 뾰족지붕들이 늘어선 작은 골목들은 축축하게 젖어 있었다. 바람이 불고 부드러운 싸락눈이 내리고 있었다.

　학교 수업이 끝났다. 쇠창살이 쳐진 문 바깥으로 이제 막 해방된 학생들의 무리가 쏟아져 나왔다. 모두 서둘러 집으로 돌아가고 있었다.

　토니오는 말이 없었다. 약간 비스듬한 눈썹을 모으고 휘파람이라도 부는 듯이 입술을 오므린 채 고개를 삐딱하게 하고서 먼 곳을 바라보았다. 갑자기 한스는 토니오의 팔짱을 끼며 그의 얼굴을 쳐다보았다. 한스는 지금 무엇이 문제인지 잘 알고 있기 때문이다. 그래서인지 걸어가는 동안에 토니오는 아직 입을 열지 않았다. 하지만 어느 순간 갑자기 그의 기분이 누그러졌다.

"정말이지 아주 잊어버렸던 건 아니야, 토니오! 네가 나를 기다려줘서 정말 고맙다. 난 네가 벌써 집으로 가버린 줄 알고 화를 내려던 참이었는데……."

한스의 말에 토니오는 마음속으로 뛸 듯이 기뻤다. 토니오는 한스 한젠을 사랑하고 있었고, 한스로 인해 벌써 많은 고통을 겪어왔다. 토니오가 한스를 사랑하게 된 것은 우선 그가 미소년이고, 모든 면에서 자신과는 정반대라고 생각했기 때문이다. 그뿐 아니라 한스는 우등생인 데다 승마니 체조니 수영이니 못하는 운동이 없어서 모두에게 대단한 인기를 누리고 있었다.

그러나 토니오는 한스 한젠처럼 되려고 시도해보지는 않았다. 그는 현재 있는 그대로의 자신을 한스 한젠이 사랑해주기를 열망하고 있었다.

2

금발의 잉에, 잉에보르크 홀름! 높다랗고 뾰족한 여러 겹의 고딕식 아치를 이룬 지붕 아래 우물이 있는 저 광장가(街)에 살던 의사 흘름의 딸! 그녀가 바로 토니오 크뢰거가 열여섯 살 때 사랑한 사람이다.

금발의 잉에는 그에게는 멀고 낯설게 느껴졌지만 그래도 그는 행복했다. 행복이란 사랑받는 것이 아니라고 스스로 다짐했기 때문이다.

'행복은 사랑하는 것이다. 너를 사랑하는 마음 변치 않으리라. 그리하여 이 목숨 살아 있는 한 잉에보르크 너를 사랑하리라.' 그는 속으로 생각했다. 그러나 얼마 지나지 않아 그 자신도 알지 못하는 사이에 그 순수한 사랑의 불꽃은 꺼져버렸다. 그래서 토니오는, 변치 않는 마음이란 이 지상에서는 존재하지 않는다는 사실에 놀라움과 환멸감을 느꼈다.

3

토니오는 좁은 고향 도시를 떠나 대도시에서 살았다. 그곳에서 그는 자신의 예술이 보다 더 풍요롭게 성숙하기를 기대했다. 그를 그쪽으로 끌어당긴 것은 아마도 어머니의 피를 물려받았기 때문이었을 것이다. 그러나 그의 심장이 사랑을 느끼지 못하고 육욕과 뜨거운 죄의 구렁텅이로 깊숙이 추락하여 죽어가고 있음을 느끼자 그는 말할 수 없이 괴로웠다.

그 결과 그는 양극단 사이, 즉 냉혹한 정신과 소모적인 뜨거운 관능 사이를 오가면서 양심의 가책을 느끼는 가운데 피곤에 지친 삶을 이어갔다.

'이 무슨 잘못된 길인가! 내가 이런 이상한 모험에 빠져들다니, 어떻게 이런 일이 있을 수 있는가?' 그는 가끔 생각했다.

그의 건강이 나빠지는 만큼 그의 예술가적 재능은 더욱 날카로워지고 섬세해졌다. 그가 처음 작품을 발표했을 때 문단에서는 박수갈채가 터져 나왔다. 그의 작품은 유머로 가득하고, 괴로움이 무엇인가를 알고 있는 작품이었기 때문이다.

4

뮌헨 셸링가의 어느 건물 안, 계단을 올라간 토니오 크뢰거는 아틀리에의 문 앞에 이르렀다. 그는 모자를 벗고 허리까지 굽혀 아주 정중한 태도로 그의 여자 친구 리자베타 이바노브나에게 말했다.

"제가 방해가 되나요?"

"어머, 왜 그러세요, 토니오 크뢰거 씨, 격식 그만 차리고 들어오세요! 당신이 훌륭한 가정교육을 받았고 예절 바르다는 건 다 알아요."

그녀는 왼손에 들고 있던 팔레트 위에 붓을 놓고 오른손을 토니오에게 살며시 내밀었다. 그녀는 그와 비슷한 또래로 30대를 약간 넘는 나이로 보였다. 화가 리자베타를 뮌헨에서 알게 되면서 토니오는 자신의 고민과 삶과 문학에 대해 거리

낌 없이 그녀에게 털어놓았다.

"나는 인간적인 것에 동참하지 못하면서 인간적인 것을 표현해내느라 너무 힘듭니다. 예술가가 도대체 남자일까요? 거기에 대해서는 여자에게 물어봐야겠지요! 리자베타 이바노브나, 천직이니 소명이니 하는 말은 하지 마십시오! 문학이란 소명이 아니라 일종의 저주입니다. 언제부터 이것이, 이 저주가 느껴지기 시작한 걸까요? 자기 자신에게 어떤 낙인 같은 것이 찍혀 있다는 것을 느끼기 시작하고, 평범하고도 정상적인 사람들과 갈등에 빠져 있는 자기 자신을 발견하게 되고 만거죠.

예술이 시민으로서의 직업이 아니라 미리 운명적으로 저주받은 직업일 수밖에 없는 한, 진정한 예술가를 많은 군중 속에서 식별해내기란 그리 힘들지 않습니다.

리자베타, 나의 결론을 들어주십시오. 나는 삶을 사랑합니다. 이것은 일종의 고백입니다. 사람들은 내가 삶을 미워하고 두려워하고 경멸하고 혐오한다고 하지만 그러나 나는 삶을 사랑합니다."

"토니오, 당신이 하시는 말씀을 모두 귀담아 들었어요. 대답해드리지요. 그 해답이란 이렇습니다. 거기 그렇게 앉아 계시는 당신은 그대로 한 시민입니다."

"내가 그렇단 말이오?"

"그래요, 충격이 심할 겁니다. 또 당연히 그래야 하구요. 당신은 그릇된 길에 접어든 시민입니다, 토니오 크뢰거 씨, 길 잃은 시민이지요."

"고맙습니다. 리자베타 이바노브나, 이제는 안심하고 집으로 갈 수 있습니다. 나는 '처리되어' 버렸으니까요."

5

가을 무렵 토니오 크뢰거는 리자베타 이바노브나에게 말했다.

"리자베타, 이제 난 훌쩍 어디 먼 곳으로 여행을 갈까 합니다."

"그래요? 다시 이탈리아로 갈 생각이에요?"

"맙소사! 리자베타, 이탈리아라는 말은 입에 올리지 마십시오! 난 이제 이탈리아는 관심 없습니다. 난 지금 잠시 덴마크로 갈까 합니다. 어릴 적 국경 근처에 살았지만 이상하게도 거기까지는 한 번도 못 가봤답니다. 그런데도 난 옛날부터 그 나라를 잘 알고 있고, 또 사랑해왔습니다. 아마 이런 북구적 경향은 아버지로부터 물려받았나 봅니다."

6

토니오 크뢰거는 북쪽으로 여행을 했으며, 어느 한 호텔에 여장을 풀었다. 어느 날 그곳의 한 신사가 토니오 크뢰거에게 말했다.

"실례합니다, 손님. 잠깐 말씀드릴 게 있습니다. 이 호텔의 주인인 제하제 씨께서 손님과 몇 마디 말씀을 나누고 싶어 하십니다. 형식적 용무이지요. 저 뒤에 호텔 주인이신 제하제 씨가 기다리고 계십니다. 저랑 함께 가주시겠습니까?"

그런데 그는 혼자가 아니었다. 그의 옆에는 경찰관 한 명이 서 있었다. 경찰관은 부드러우면서도 무게 있는 목소리로 물었다.

"뮌헨에서 왔지요? 코펜하겐으로 가는 길인가요?"

"그렇습니다. 덴마크의 어느 해수욕장으로 가는 길입니다."

"해수욕장이라고요? 그럼 신분증명서를 제시해주셔야겠습니다."

그러나 토니오 크뢰거는 증명서라곤 아무것도 갖고 있지 않았다. 그는 손가방을 열고 그 속을 들여다보았지만 거기에는 지폐 몇 장과 여행 중에 처리하려던 단편소설 교정쇄가 들어 있을 뿐이었다. 상황이 좋지 않게 돌아가자 제하제 씨가 말했다.

"이 모든 것은 형식적인 절차입니다. 그 이상 아무것도 아닙니다! 경찰관은 단지 자기 직무를 수행하고 있을 뿐이라고 생각해주십시오. 어떻게든 신분을 증명할 수 있으면 좋겠는

데…… 자, 이것으로 충분해요!"

제하제 씨는 단호하게 말한 뒤 그 교정쇄를 토니오 크뢰거에게 되돌려주었다.

"이것으로 충분해, 페터젠! 이 손님을 더 이상 지체시켜서는 안 되네. 손님, 잠시 방해가 된 점 용서하시기 바랍니다. 보시다시피 이 경찰관은 다만 자기 의무를 수행했을 뿐입니다."

이것이 토니오 크뢰거가 그의 고향 도시에서의 기이한 체류였다.

7

토니오는 고향에서 자신을 사기꾼이라며 체포하려던 사건으로 약간 의기소침해 있었다. 이윽고 토니오 크뢰거는 덴마크에 도착하여 호텔에 방을 정했다. 토니오는 여행 안내서를 들고 사흘 동안 그 도시를 돌아다녔다. 그는 누가 봐도 견문을 넓히기 원하는 품위 있는 여행객처럼 처신했다.

8

벌써 9월이었다. 토니오 크뢰거는 탁 트인 수평선을 바라보고 있었다. 바다의 고요한 숨결이 깨끗하고도 신선하게 만물을 어루만져주면서 스쳐 지나가고 있었다. 그러던 중 한 사건이 벌어졌다.

그랬다. 그들이 거기 있었다. 오늘 낮에 토니오 크뢰거의 곁을 지나쳤던 두 사람이 거기 있었다. 문 바로 옆 그와 아주 가까운 곳에 한스 한젠이 서 있고 벽 쪽에는 잉에보르크 홀름, 금발의 잉에가 앉아 있었다.

'너희를 내가 잊은 적이 있었던가? 아니, 결코 없었다! 너 한스도 잊은 적이 없고, 너 금발의 잉에도 결코 잊은 적이 없어! 내가 작품을 써서 보여주고 싶었던 것은 바로 너희였어. 그리고 내가 박수갈채를 받을 때도 너희가 참석했나 하고 주위를 살펴보곤 했지. 잉에보르크 홀름, 너를 아내로 삼고, 한스 한젠, 너 같은 아들을 두고 싶구나! 인식해야 하고 창작하는 고통을 감내해야 하는 저주로부터 벗어나 평범한 행복 속에서 살고 사랑하고 찬미하고 싶구나!'

토니오는 극심한 양극성 사이에서 시달리며 기진맥진하게 된 자기 자신을 보았고, 그리하여 길을 잃고 황폐화되어 피곤하고 병들어버린 자기 자신을 보았다. 후회와 향수에 젖은 나머지 토니오는 흐느껴 울었다.

9

토니오 크뢰거는 북쪽 나라에 와서 그의 애인인 리자베타 이바노브나에게 편지를 썼다.

리자베타, 어느 땐가 나를 가리켜 길 잃은 시민이라고 말한 것을 아직도 기억하겠지요? 이번 여행은 나에게 그것에 대해 깊이 생각해보는 계기가 되었습니다.

정말이지 나로 하여금 모든 예술성 속에서, 모든 비상한 것과 모든 천재성 속에서 무엇인가 매우 모호한 것과 매우 불명예스러운 것, 그리고 매우 의심스러운 것을 알아차리도록 해주는 것은 바로 이 시민적 양심입니다. 또한 나라는 인간의 내부를 단순한 것, 진심인 것, 유쾌하고 정상적인 것, 비천재적인 것, 단정한 것들에 대한 맹목적인 사랑으로 가득 채워주는 것도 바로 이 시민적 양심입니다.

나는 두 세계 사이에 서 있습니다. 그래서 그 어느 세계도 고향 같지가 않습니다. 그래서 좀 견디기가 힘들어요. 당신들 예술가는 나를 시민이라 부르고, 또 시민들은 나를 체포하고 싶은 충동을 느낍니다. 이 둘 중 어느 쪽이 더 나의 마음에 쓰라린 모욕감을 주는지는 모르겠습니다. 시민들은 어리석은 자들입니다. 그러나 나를 가리켜 냉정하다거나 동경이 없다고 말하는 당신들 미의 숭배자들이 염두에 두어야 할 것은 이 세상에는 애초부터 운명적으로 타고난 모종의 예술가 기질도 존재한다는 사실입니다. 그 어떤 동경보다도 일상성의 환희에 대한 동경을 가장 달콤하고 가장 가치있는 동경으로 여기는 그런 심각한 예술가 기질 말입니다.

(중략) 내가 지금까지 이룩한 것은 아무것도 아니고 별로 많지도 않습니다. 아무것도 하지 않은 것이나 마찬가지입니다. 리자베타, 나는 더 나은 것을 만들어보겠습니다. 이것은 일종의 약속입니다. 지금 이 글을 쓰고 있는 동안 바다 소리가 내게까지 올라옵니다. 그래서 나는 눈을 감습니다. 그러면 아직 태어나지 않은, 그림자처럼 어른거리고 있는 한 세계가 들여다보입니다. 그 세계는 나를 통해 질서와 형상을 부여받고 싶어 안달입니다. (중략) 리자베타, 이 사랑을 욕하지 마십시오. 그것은 선량하고 생산적인 사랑입니다. 동경이 그 속에 들어 있습니다. 그리고 우울한 질투와 아주 조금의 경멸과 완전하고도 순결한 천상의 행복감이 그 속에 들어 있습니다.

마의 산

1

한 단순한 젊은이가 한여름에 고향인 함부르크를 떠나 그라우빈덴 주에 있는 다보스를 향해 3주간의 여행길에 올랐다. 3주라는 짧은 기간에 비하면 너무 먼 거리를 가야 하는 여행이다.

어제까지만 해도 카스토르프는 일상의 일에 완전히 사로잡혀 있었다. 사람들은 대개 여행을 떠나 이틀만 지나면 의무, 이해관계, 근심, 희망 따위의 일상생활로부터 멀어지게 된다. 공간도 시간과 마찬가지로 시시각각 내적인 변화를 일으키며 망각의 힘을 갖고 있다. 게다가 공간은 인간을 여러 관계에서 해방시키고 자유롭고 근원적인 상태로 옮겨놓는 힘을 가지고 있다.

다보스 역에 내린 카스토르프는 기다리고 있던 사촌 요아힘 침센의 환영을 받으며 요양원에 들어섰다. 이런저런 안부를 주고받으며 여장을 푸는 동안 "이 위에 사는 우리들"이란 사촌의 말이 거슬렸지만 여독으로 카스토르프는 일찍 깊은 잠에 빠졌다.

다음 날 아침 요양원 복도에서 한스 카스토르프는 이상한 소리를 들었다. 그것은 지금까지 들었던 것과는 다른, 남자의 기침소리였다. 그리고 그는 사촌 요아힘에게서 달라진 시간 개념을 느꼈다.

"여기서는 시간이 정말 빨리 지나가겠지?"

"빠르다고 할 수도 있고, 느리다고도 할 수 있지. 도대체 시간이 흘러가지 않는다고 말하고 싶군. 이건 전혀 시간이 아니야. 삶도 아니고…… 그렇지, 삶이라고 할 수는 없어."

카스토르프는 이곳 요양원의 세계가 이전까지 그가 지내왔던 일상의 세계와는 다르다는 것을 조금씩 느끼기 시작했다.

2

한스 카스토르프는 천재도 아니고 바보도 아니다. 그는 자신이 일보다는 자유로운 시간을 훨씬 더 사랑한다는 것을 솔직히 인정하고 있었다.

여행길에 올랐을 때 그는 23세였다. 그 무렵 그는 단치히 공과대학 4학기 학업을 끝마치고 다시 또 4학기를 브라운슈바이크와 칼스루에 공과대학에서 보냈다.

사촌 요아힘 침센은 병을 앓고 있었다. 그것도 한스 카스토르프의 경우와는 달리 정말 걱정스러울 정도로 나빴다. 가족이 원하는 대로 사촌은 두세 학기 동안 법률을 공부했지만, 억제할 수 없는 충동 때문에 진로를 바꿔 사관후보생을 지원하여 이미 합격한 상태였다. 그러던 것이 독터 베렌스 고문관이 원장으로 있는 국제요양원 베르크호프에 벌써 5개월째 입원해 있었다. 그는 한스 카스토르프에게 요양원 생활은 죽도록 따분하다는 내용의 엽서를 보냈었다. 그래서 한스 카스토르프는 툰더 빌름스 회사에 입사하기 전에 다보스에 가서 불쌍한 사촌을 위로해주려고 계획했다. 한스 카스토르프가 3주 예정으로 다보스 여행을 결정한 때는 한여름, 7월도 막바지에 접어들고 있었다.

3

"잘 잤어? 여기 산 위에서 지낸 첫날밤이 어때? 마음에 들어?"

"고마워. 그저 그래, 그 이상은 말하지 않겠어. 좀 이상한 꿈을 꾸었지. 이곳은 방음 장치가 전혀 안 되는 것 같아."

식당에 식탁은 일곱 개였는데, 그 중 두 개는 비스듬히 놓여 있었다. 두 사람은 문 입구에서 독터 크로코브스키를 동반하고 빠른 걸음으로 들어오는 베렌스 고문관과 하마터면 부딪칠 뻔했다. 산책 도중에 세템브리니를 만나 인사를 나눴다. 잠깐 동안 둘은 진보와 계몽에 관한 얘기를 나눴는데, 카스토르프는 세템브리니의 인문주의 예찬에 깊은 감명을 받았다. 그리고 사촌 요아힘과 산책하며 얘기를 나누던 중 요아힘이 옛날과 조금 다르게 느껴졌다.

"그렇지만 시간은 도대체 본원적인 것이 아니야. 시간은 길다고 생각하면 긴 것이고 짧다고 생각하면 짧은 것이야. 그것이 실제로는 얼마나 길고 짧은지는 아무도 몰라."

카스토르프는 평소에는 이 같은 철학적인 말을 거의 하지 않았지만, 이상하게도 지금은 그렇게 말하고 싶은 충동을 느꼈다. 요아힘이 반박하고 나섰다.

"왜 그렇다는 거지? 그렇지 않아. 우리는 시간을 측정하고 있잖아. 그 때문에 시계도 있고 달력도 있는 거야. 한 달이 지났다고 하면, 그건 자네나 나뿐 아니라 우리 모두에게 지나간 것이야."

"가만있게. 난 오늘 머리가 아주 명석하네. 도대체 시간이란 무엇일까? 자네 나한테 말해줄 수 있겠나? 공간은 감각기관으로 인식할 수 있네. 그런데 시간을 인식하는 기관은 도대체 뭘까? (중략) 우리는 시간이 경과한다고 하네. 그래, 시간이 경과한다고 하자. 그러나 시간을 계산하려면 시간이 균등하게 경과해야만 하네. 그러나 균등하게 경과한다는 것이 어디에 씌어져 있는가? 우리가 느끼기에는 시간이 균등하게 경과하지는 않네. 의식적으로 그렇다고 가정하고 있을 뿐, 우리의 시간 단위란 단지 관습일 뿐이지."

이야기를 나누며 카스토르프와 요아힘이 식당으로 들어서는데, 때마침 식당을 가로질러 지나가는 한 부인이 있었다. 그 여자는 식당에 들어올 때의 요란한 소리와는 대조적으로 이상하게도 발소리를 내지 않고 걸어가면서 머리를 약간 앞으로 내민 채 베란다로 통하는 문과 직각으로 놓인 가장 왼편 끝 식탁, 즉 '일류 러시아인석' 가까이로 갔다. (중략) 한스 카스토르프는 그녀의 솟은 광대뼈와 가느다란 눈을 힐끗 쳐다보았다. 그때 누군가에 관한 아련한 추억이 그에게서 되살아났다.

그는 꿈을 꾸었다. 어린 시절 수업시간 중 잠깐의 휴게시간이었다. 교실에 있는 쇼샤 부인에게 연필을 빌리려고 하자 절반가량 남은 연필을 빌려주면서 그녀는 호감이 가는 쉰 목소리로 말했다.

"수업이 끝나면 꼭 돌려주셔야 해요."

그녀가 광대뼈 위의 푸른 눈으로 그를 응시했을 때, 한스 카스토르프는 그녀가 도대체 무엇을, 누구를 연상시키는지 알 수 있었기에 그것을 놓치지 않으려고 꿈의 세계로부터 있는 힘을 다해 떨쳐 나오려 했다.

4

"이것으로 자네들의 여름은 끝이 난건가?"

한스 카스토르프는 화가 난 듯 빈정대는 어조로 사촌 요아힘에게 물었다.

"꼭 그렇다고만 할 수 없지. 앞으로 여름 같은 날씨가 또 없다고는 할 수 없어. 9월에도 그런 날이 아주 많으니 말이야. 그러니까 사실 여기는 계절의 구별이 없어. 말하자면 계절이 마구 뒤섞여 달력대로 지켜지지 않는다는 뜻이지."

요아힘과 이야기를 나누던 중 세템브리니를 만나 대화는 더 깊이 진전되었다.

"어떤 표정을 지어야 할지 정말 모르겠습니다. 왜냐하면 병에 걸린 인간에게는 진지함과 존경을 보여야 하니까요. 그렇지 않습니까? 감히 말한다면 병은 어떤 의미에서는 존엄한 것이라고 말할 수 있으니까요. (중략) 어리석은 사람은 건강하고 평범해야 하며, 그리고 병은 인간을 섬세하고 영리하고 출중하게 만들고 있다고 사람들은 생각하고 있습니다. (중략) 내가 좀 지나치게 수다를 떤 것 같군요. 어쩌다가 이런 이야기가 되어버렸네요."

한스 카스토르프는 우물쭈물 말을 마쳤다. 요아힘은 좀 쑥스러워졌다. 세템브리니는 눈썹을 치켜 올리고 말없이 상대방의 말이 끝나기를 예의상 기다리고 있는 태도를 보였다. 사실은 한스 카스토르프를 완전히 손들게 한 뒤 서서히 공격하려고 마지막까지 듣고 있었던 것이다. 세템브리니는 말했다.

"병은 어리석음과는 절대로 양립하지 않을 정도로 고귀하고 존경할 만한 것이 아니라, 오히려 인간을 고통스럽게 하고 이념을 상하게 하는 굴욕을 의미하며, 개개의 경우에는 위로를 하고 소중히 하는 것도 좋지만, 정신적으로 존경하는 것은 도착증입니다. 이 점을 명심해주십시오. 모든 정신적 도착의 시작입니다."

카스토르프가 요양원에 도착한 지 일주일쯤 되는 어느 날, 독터 크로코브스키의 정신분석에 관한 강연이 있었다. 카스토르프는 강연 내내 쇼샤 부인의 팔을 응시하면서 이런저런 꿈 같은 생각에 잠겼다. 인생이 아름답다는 생각도 하면서. 강연이 끝나자 요양원 환자들 모두 묵계를 맺은 것처럼 어느 누구도 강연에 관해서는 한마디도 언급하지 않았다.

이튿날 아침 산책에서 돌아와 보니 처음으로 주말 계산서가 책상 위에 놓여 있었다. 두 사람은 두 번째 아침 식사 전에 사무국으로 돈을 지불하러 갔다. 베렌스 고문관은 이 요양원의 소유자이고 경영자인 것처럼 보이지만 실은 그렇지 않았다. 그의 배후에는 모습을 나타내지 않는 권력이 존재하고 있었다.

병에 대해 자유로운 입장에 서 있지 않은 의사, 자기도 병에 예속되어 있는 의사, 이것은 특수한 경우이지만 장점과 단점을 가지고 있다는 것은 명백하며, 의사가 환자와 같은 병에 걸린 자라는 것은 확실히 환영할 만한 일이다. 그러나 하나의 힘에 예속되어 있는 인간이 그 힘을 정신적으로 정말 지배할 수 있을까? 자기 자신도 예속되어 있으면서 남을 해방시킬 수 있을까? 병을 앓는 의사는 우리의 솔직한 감정으로는 모순이며 의심스러운 현상이다.

한스 카스토르프는 베렌스 고문관이 이 위에서 환자들과 같이 생활하면서 체온까지 재라고 한 충고를 생각했다. 한스 카스토르프는 이 사람도 도움이 되지 않을까 하고 시험적으로 생각해보았다. 물론 세템브리니라는 사람도 있다. 반대파이며 허풍쟁이에다 자칭 인문주의자요, 병과 어리석음의 결합을 인간 감정의 딜레마라고 말하는 한스 카스토르프를 날카로운 웅변으로 꾸짖던 세템브리니가 있었다.

세템브리니가 분류하는 바에 의하면, 두 가지의 원리가 서로 지배하려고 싸우고 있다. 권력과 정의, 압제와 자유, 미신과 지식, 보수적 원리와 끓어오르는 운동의 원리, 즉 진보의 원리가 그것이다. 하나를 아시아적 원리라고 부른다면, 다른 하나는 유럽적 원리라고 할 수 있다. 유럽은 반항·비평·혁명적 행동의 땅인 데 반해, 아시아는 부동(不動)과 무위(無爲)의 안정을 구현하고 있다. 두 가지의 힘 중에 어느 것이 최후의 승리를 얻을 것인가는 생각할 여지도 없이 계몽의 힘, 합리적인 완성력이 최후의 승리자가 된다. 인간성은 빛나는 발전 도상에서 차례차례로 새로운 민족을 규합했다. 유럽에서도 한층 더 지반을 넓혀 아시아로 진출하기 시작했기 때문이다. 그러나 완전한 승리는 아직도 요원하다.

고문관은 한스 카스토르프에게 진찰 결과 병이 있는 것으로 확실해졌고, 또 이미 이곳에 체재하고 있으니 고향에 돌아가는 일은 헛된 것이고 설령 돌아간다 하더라도 결국 다시 되돌아오게 될 것이라고 얘기했다. 한스 카스토르프는 약간의 통증을 느끼며 말했다.

"나는 카타르의 열이라고만 생각하고 있습니다만……."

"그러나 그 카타르가 말입니다. 그게 무엇 때문이겠습니까? 당신에게 얘기해드리지요. 카스토르프 군, 잘 들어주십시오. 내가 알고 있는 한 당신은 뇌에 주름을 아주 많이 가지고 있는 것 같아요. 그러니까 이곳의 공기가 병을 낫게 하는 데 좋다고 당신은 생각할 겁니다. 그렇지 않습니까? 물론 그렇지요. 그러나 병 자체에도 매우 유리합니다. 일단 병을 조장하고 신체에 반란을 일으켜 잠재된 병을 폭발시킨다는 것도 아셔야 합니다."

5

한스 카스토르프가 이 위의 사람들과 함께 지낸 처음 3주일은 우리가 생각했던 그대로였다. 그러나 그가 이 위에서 지낸 그 뒤의 3주는 그야말로 눈 깜짝할 사이에 지나가고 말았다.

우리가 병자로 침대에서 보내는 나날이, 그것이 아무리 긴 나날의 연속이라 해도 얼마나 빨리 지나가는가를 독자들이 상기해주는 것으로도 충분하다. 매일 똑같은 나날이 되풀이되긴 하지만, 매일 똑같은 나날이라고 한다면 '되풀이' 라는 것은 실은 옳다고 할 수 없을 것이다. 오히려 단조로움이라거나, 정지하고 있는 지금이라거나, 또는 영원이라고 불러야 할 것이다. 당신에게 정오의 수프가 어제 운반되었고, 그리고 내일 또 운반되는 것과 마찬가지로 운반되어온다. 아무튼 수프가 날라져 오는 것을 보는 순간 현기증을 느끼고, 시간의 구분을 모르게 되고, 그것이 녹아버려 당신의 눈에 삼라만상의 참된 모습으로 비치는 것은 침대머리에 영원의 수프가 운반되어 오는, 전도 없고 후도 없는 현재인 것이다. 그러나 영원과 관련하여 지루함에 대해 말을 한다는 것은 매우 역설적이라 할 것이다.

한스 카스토르프는 고문관에게 진찰을 받고 손에 엑스레이를 찍었다. 고문관은 우윳빛 형광판에서 이번에는 한스 카스토르프의 몸속을 들여다보았다. 띄엄띄엄 뱉어내는 고문관의 말로 추측해보면 형광판에 나타난 결과는 그의 기대와 일치하는 것 같았다. 고문관은 조사를 끝내자 환자가 요청하는 대로 환자 자신의 손을 형광판으로 보게 해주었다. 한스 카스토르프는 그것을 보는 일이 있으리라고는 꿈에도 생각지 않았던, 그 자신의 무덤의 모습을 보았다.

그런데 그날 오후 식당 앞에서 만난 세템브리니가 한스 카스토르프에게 말했다.

"그들이 말하는 것을 액면 그대로 받아들여서는 안 됩니다. 엔지니어, 그들이 뭐라고 투덜거리더라도 그대로 받아들이지 마십시오. 그리고 당신은 여기서 유행하고 있는 아이러니에 대해 경계해야 합니다! 엔지니어, 무릇 아이러니라는 이 정신적 태도에 경계를 해주십시오! 아이러니가 수사법의 솔직한 고전적인 수단이 아닌 이상, 또 건전한 감성을 한시라도 현혹시키는 일이 없는 아이러니가 아닌 이상, 아이러니는 방종한 것으로 변하여 문명의 장애가 되고, 그리고 침체·반정신·악덕과 불결하게 놀아나게 됩니다. 우리가 살고 있는 이 분위기는 이런 진흙 식물을 번성하게 하는 데 적절한 것입니다. 따라서 내가 말씀드리는 것이 당신에게 잘 이해가 되었으면 합니다.

나는 인문주의자입니다. 나에게 금욕적인 경향이 있다고는 누구도 말할 수 없습니다. 나는 형태를, 아름다움을, 자유를, 명랑함을, 향락을 긍정하고 존중하고 사랑하는 것처럼 육체를 긍정하고 존중하고 사랑합니다. 감상적인 현세 도피에 대해 현세와 현세적 행복을 옹호하는 것처럼, 또 낭만주의에 대해 고전주의를 옹호하는 것처럼 말입니다. 나의 기치는 선명(鮮明)이라고 생각합니다. 그러나 나의 최고의 긍정, 최고이자 최후의 존경과 사랑이 지향하는 힘과 원리가 있습니다. 그 원리는 정신입니다. 그러나 육체와 정신과의 대립에서 육체는 사악한 악마적 원리입니다. 육체는 자연이기 때문입니다. 그리고 자연은 사악하기 때문입니다. 신비롭고 사악합니다.

생명도 마찬가지입니다. 산화작용이라고도 할 수 있습니다. 생명도 주로 세포 속의 단백질의 산화작용에 지나지 않습니다. 그로 인해 아름다운 유기체에 열이 생기고, 그것이 가끔 도를 넘는 일도 있습니다만…… 그렇습니다. 생이란 죽음입니다. 그것은 말로 적당히 얼버무릴 수 없습니다. 유기적인 파괴입니다. 확실히 생명에는 그런 데가 있습니다. (중략) 생명은 물질이 교체되면서 형태는 그대로 유지되는 것입니다.”

며칠 뒤 한스 카스토르프는 마침내 쇼샤 부인과 술을 마시고 함께 음악을 들으며 많은 얘기를 나누었다.

"그런데 너하고는 우리나라 말보다도 프랑스어로 말하고 싶어. 프랑스어로 말하는 것은 내게는 말하지 않고 말하는 것이니까 말이야. 어떤 의미에서는 책임이 없다고나 할까, 혹은 꿈속에서 말하는 것 같기 때문이지. 이해하겠어?"

"대강은요."

한스 카스토르프는 말을 계속했다.

"그러면 됐어. 말을 한다는 것은…… 영원 속에서는 말 같은 건 필요치 않아. 영원 속에서는, 돼지 새끼를 그릴 때처럼 하는 거야. 말하자면 머리를 뒤로 젖히고 눈을 감는 거야. (중략) 그러면 너는 또 여기에 돌아오겠군."

"그것이 문제예요. 무엇보다도 언제 돌아올지가 문제라는 거예요. 나라는 인간은 그렇습니다. 자유를 무엇보다도 사랑하고 있어요. 특히 거처할 장소를 택하는 자유 말이에요. 당신은 도저히 이해하지 못하실 거예요. 자유 없이는 가만히 있을 수 없는 기분이 어떤 기분인지 말이에요. 이것은 분명 민족적인 기분일 거예요."

"그래서 다게스탄에 있는 남편이 네게 허락해주는군, 너의 자유를."

"병이 나에게 다시 자유를 줍니다. 벌써 이곳에 세 번째 있는걸요. 이번에는 일 년을 보냈어요."

"클라브디아, 나는 결코 너를 당신이라고 부르지 않겠어,

생사를 걸고서라도. (중략) 나는 옛날부터 너를 알고 있었어. 너를, 너의 기울어진 눈을, 너의 입술을, 너의 목소리를 훨씬 전부터 알고 있었어. 전에도 한 번 내가 김나지움 학생이었을 때 너에게 연필을 빌린 적이 있었어. 드러내놓고 너와 사귀고 싶어서 말이야. 나는 너를 비이성적일 정도로 사랑하고 있었 거든. 그리고 베렌스가 내 몸에서 발견한 흔적, 내가 이전에 도 병을 앓았다는 것을 증명하는 흔적은 의심할 여지없이 너에 대한 나의 오래된 사랑이 남긴 흔적이야. (중략) 너를 사랑 해. 항상 너를 사랑하고 있었어. 너는 나의 생명, 나의 너, 나의 꿈, 나의 운명, 나의 모든 소망, 나의 영원한 동경이기 때문이야……."

"귀엽고 멋진 소시민님, 당신이 나를 그토록 사랑하고 있었다니, 정말이에요?"

그녀의 손길에 한없이 기쁜 한스 카스토르프는 드디어 무릎을 꿇고 머리를 뒤로 젖힌 채 눈을 감고 계속 지껄였다.

"아, 사랑이란…… 육체와 사랑, 죽음, 이 셋은 원래 하나입니다. 육체는 병과 쾌락이며, 육체야말로 죽음을 초래하는 것이기 때문이지요. 그렇습니다. 사랑과 죽음, 이 둘은 어느 쪽도 다 육체적인 것으로서 거기에 이 둘의 무서움과 위대한 마술이 있는 거지요. 그러나 죽음은 한편으로는 의심스럽고 염치를 모르고 얼굴을 붉히게 만드는 것이고, 다른 한편으로

는 아주 장중하고 존엄한 힘, 즉 돈을 벌고 부화뇌동하며 흥
겨워 웃어대는 삶보다 훨씬 더 고귀한 것입니다. 몇 세기를
누비며 요설을 늘어놓고 허풍을 떠는 모든 인간적 진보보다
훨씬 더 존경할 만한 것이지요. 왜냐하면 죽음은 역사와 인간
의 위대함, 경건한 믿음과 영원 등 모든 것을 자체 내에 통합
하는 막강한 것이기 때문입니다. 또 죽음은 우리에게 막강한
영향을 미치는 신성한 것이어서 우리가 모자를 벗고 발끝으
로 걷지 않으면 안 되는 것이기 때문입니다. ……마찬가지로
육체도, 그리고 육체에의 사랑도 음탕하고 싫은 성질의 것으
로서 육체는 자기를 두려워하고 자기를 부끄러워하여 그 표
면을 붉게 물들이는 것이지만, 동시에 육체는 또 존경할 만한
위대한 빛으로서 유기적 생명의 멋진 형상, 형태와 미의 신성
한 기적입니다. 육체에의 사랑 역시 매우 인문적인 관심이며
세상의 모든 교육학보다도 교육적인 힘입니다."

6

"시간이란 무엇인가? 그것은 수수께끼이다. 실체가 없으
면서도 전능한 것이다. 현상계에 존재하는 하나의 조건으로
공간 속의 물체의 존재와 운동과 결부하여 혼합되어 있는 하
나의 운동이다. 그러나 운동이 없으면 시간도 존재하지 않는
것일까? 시간이 없으면 운동도 없는 것일까? 얼마든지 물어

보라. 시간은 공간 작용의 하나인가? 그렇지 않으면 그 반대일까? 아니면 그 둘은 같은 것일까? 얼마든지 물어보라. 시간은 활동적이고 동사적인 속성을 지니고 있으며 무언가를 야기한다. 시간은 도대체 무엇을 야기하는가? 변화이다! 현재는 벌써 당시가 아니고, 여기는 이미 저쪽이 아니다. 둘 사이에는 운동이 있기 때문이다."

사촌들과는 초면이고 세템브리니와는 또래로 보이는 이 신사는 세템브리니와 같은 집에 살고 있었다. 재단사인 루카세크의 방을 빌려 쓰고 있는데, 사촌들이 들은 바로는 이름이 나프타라고 했다. 마르고 키는 작은 편이며 모든 면에서 날카로운 인상을 풍겼다. 매부리코에 꼭 다문 얇은 입술, 엷은 회색 눈, 가느다란 안경테에 두꺼운 렌즈까지 모두가 차디찬 느낌을 주었으며, 계속 침묵을 지키는 입은 일단 열렸다 하면 신랄하고 이론이 정연할 것이라는 인상을 풍겼다.

우연한 기회에 한스 카스토르프는 세템브리니와 나프타의 논쟁을 경험했다. 세템브리니는 목소리를 낮추어 말했다.

"자연은 당신의 정신 따위는 전혀 필요로 하지 않습니다. 자연은 그 자체가 정신이니까요."

"당신은 일원론만 밀고 나가는 것이 지루하지도 않습니까?"

"그렇다면 당신은 스스로 인정하시는군요. 당신이 세계를 서로 반대되는 두 부분, 신과 자연으로 떼어놓는 것은 지적 유희에 지나지 않는다는 것을 말입니다!"

"내가 정열이라고 부르고 정신이라고 부르는 것을 지적 유희라고 말씀하시는 것은 흥미로운데요."

"그런 저속한 욕구에 그런 어마어마한 말을 사용하는 당신이 나를 언제나 웅변가라고 말씀하시다뇨?"

"당신은 정신이란 하찮은 것이라고 생각하시는 모양이군요. 그러나 정신이 원래 이원적이라고 하는 것은 어쩔 수 없습니다. 이원론, 반대명제야말로 세계를 움직이는 원리, 정열적이고 변증법적이고 지적인 원리입니다. 세계를 적대적인 두 부분으로 나누어 생각하는 것, 이것이 정신입니다. 모든 일원론은 지루한 것입니다. 아리스토텔레스도 언제나 투쟁을 좋아했습니다."

"정신은 아무리 절대적인 것이라 할지라도 결코 반동의 대변자가 될 수는 없다고 확신하는 점에서 우리는 생각을 같이하기를 희망합니다."

세템브리니는 머리 위로 팔을 휘젓는 듯한 몸짓을 했으며, 그 논쟁은 중단되었다. 요아힘은 놀란 눈으로 두 사람을 비교해보았으며, 한스 카스토르프는 눈썹을 치켜세우고 눈길을 발끝으로 떨어뜨렸다. 나프타는 넓은 의미에서의 자유를 옹호하는 입장이었지만 그의 어조는 날카롭고 단정적이었다.

요아힘은 그날도 그 다음날도 그리고 이후에도 아무 말도 하지 않았고, 한스의 계획과 결심에 대해 아무것도 묻지 않았다. 한스의 계획과 결심은 출발이 다가왔기 때문에 그의 행동을 통해 저절로 알 수 있었다. 즉, 행동하지 않은 것으로 확실해졌다. 아무튼 한스 카스토르프가 지난 며칠 동안 행동한 것은 베렌스를 한 번 방문한 것뿐이고, 그때 두 사람 사이에 오간 이야기는 요아힘도 알고 있었다.

한스 카스토르프의 생각에 나프타의 세계와 요아힘의 세계가 공통된 점은 무엇보다도 손에 피를 묻히는 것을 무서워하지 않는다는 원칙이었다. 이 점에서 두 세계, 예수회와 군대 계급은 똑같았으며, 평화의 자식인 한스 카스토르프는 나프타가 들려주는 중세의 호전적인 수도사 이야기를 아주 흥미로워했다.

세템브리니는 인체를 신이 계시는 참된 성당이라고까지 불렀다. 이에 대해 나프타는 인체라는 조직체는 인간과 영원 사이에 있는 커튼에 지나지 않는다고 주장했다. 그러자 세템브리니는 나프타가 '인간성'이라는 말을 입 밖에 내는 것을 단호하게 금했다.

"죽음은 무서운 것도 신비스러운 것도 아니요, 명백히 이성적인, 생리적으로 필연적인 환영할 만한 현상으로서 필요 이상으로 죽음에 대한 생각에 몰두하는 것은 생의 권리를 침해하는 것입니다. 죽음의 체험은 결국 생의 체험이어야 합니다. 그렇지 않다면 죽음의 체험은 순전히 환상에 불과합니다."

병은 아주 인간적인 것이라고 나프타는 곧 반대하면서 인간이 병이기 때문이라고 말했다.

"그렇다. 인간은 본질적으로 병을 앓는 것이며, 병을 앓는다는 것은 인간을 비로소 인간으로 만드는 것이다. 인간의 존엄성과 고귀성은 정신에, 병에 있는 것이다. 한마디로 인간은 병을 앓으면 앓을수록 그만큼 더 인간이 되고, 병의 수호신은 건강의 수호신보다 더 인간적이다. 천재란 병 이외의 아무것도 아니다! 어느 시대나 건강한 사람은 병이 이룩한 것에 의해 살아온 것이다!"

아, 세템브리니 씨! 그는 문필가, 다시 말하면 정치가의 손자요, 인문주의자의 아들이 될 만도 했다. 그는 비판과 아름다운 해방을 가슴 뜨겁게 염원하면서도 노상에서는 아가씨들에게 콧노래를 부른다. 한편 날카로운 인상의 키 작은 사나이 나프타는 굳은 서약에 몸이 묶여 있다. 나프타는 자유사상 같은 말만 입에 담는 음탕자에 가까운 데 반해 세템브리니는 말하자면 도덕광이라고 할 수 있다.

한스 카스토르프는 발코니에서 안개에 덮인 높은 산과 휘몰아치는 눈보라를 바라보며, 발코니 난간에 기대어 여유롭게 자연을 바라보고 있는 자신을 부끄럽게 생각했다. 거대한 자연, 눈이 내리는 죽은 듯한 고요 속에서 문명의 아들인 그는 두렵게 느껴졌다. 그는 이 두려움을 오래 전에 이 위에서 정신과 감각으로 이미 맛보고 있었다. 나프타와 세템브리니의 논쟁만 하더라도 무시무시한 것이어서 역시 아주 위험한 세계로 말려들어가는 그런 논쟁이었다. 한스 카스토르프가 황량한 겨울 자연의 거대함에 대해 친근감을 품게 된 까닭을 말할 수 있다면, 그것은 그가 자연에 대해 경건한 공포를 느끼면서도 자연이 그의 갖가지 사상적 의문을 해결하는 데 알맞은 무대라고 느꼈기 때문이다.

"꿈을 꾸고 있었다고 나도 생각했어."

한스 카스토르프는 잠꼬대처럼 중얼거렸다. 지독하게 아름답고 무서운 꿈이었다. 나는 인간의 위치를 꿈꾸었고, 신전에서 무서운 피의 향연이 행해지고 있는데도 인간은 예의 바르고 총명하고 경건한 공동생활을 즐기는 꿈을 꾸었다. 태양의 아들들은 이 잔인성을 차분히 고려하기 때문에 저렇게 예의 바르고 서로를 위로하고 있는 것일까? 그렇다면 그들은 참으로 우아하고 훌륭한 결론을 이끌어냈다고 할 수 있다. 나는 이 위의 사람들이 있는 곳에서 모험과 이성에 대해 여러 가지 경험을 했다. 나는 나프타와 세템브리니와 함께 위험하기 그지없는 산들을 돌아다녔다. 나는 인간에 대한 모든 것을 알고 있다. 나는 인간의 살과 피를 맛보고, 병든 클라브디아에게 프리비슬라프 히페의 연필을 돌려주었다. 그리고 살과 피를 맛본 자는 죽음도 맛본 것이다. 그러나 그것만으로는 전부가 아니고, 교육적으로 생각하면 오히려 그것은 처음에 지나지 않는다. 거기에 다른 절반, 즉 반대의 절반이 첨가되어야 한다. 왜냐하면 죽음과 병에 대한 관심은 삶에 대한 관심의 한 형태에 불과하기 때문이다.

나는 영혼 내부에서 태양의 아들들과 생각을 나누고 나프타의 생각에는 물들지 말아야 한다. 세템브리니의 생각에도 물들지 않으리라. 두 사람은 다 수다쟁이에 불과하다.

저 두 교육자! 저 두 사람의 논쟁과 대립은 그 자체가 뒤범벅에 지나지 않고 혼란한 소용돌이로, 머릿속이 조금이라도 자유롭고 마음이 경건한 사람이라면 아무도 그러한 것에 현혹되지 않는다. 귀족성에 대한 두 사람의 논쟁, 고귀성에 대한 토론, 죽음과 삶, 병과 건강, 정신과 자연, 이 모두는 서로 과연 모순된 것일까? 문제가 되는 것일까? 아니다. 그것은 문제가 되는 것이 아니고, 어느 것이 고귀한가 하는 것도 문제가 되지 않는다. 죽음의 모험은 삶 속에 포함되고, 그 모험이 없으면 삶이 아니며, 그 한가운데 신의 아들인 인간의 위치가 있다.

인간은 대립하는 생각의 주인이며, 모든 생각은 인간에 의해 존재하는 것이므로 인간은 어떤 생각보다도 고귀한 것이다. 인간은 죽음보다도 고귀하며, 죽음에 종속되기에는 너무나 고귀한 두뇌의 자유를 가지고 있기 때문이다. 인간은 삶보다도 더 고귀하며, 생에 종속되기에는 너무나 고귀한, 마음속에 경건함을 가지고 있기 때문이다. 이제 나는 하나의 시를 썼다, 인간에 대한 꿈과 같은 시를. 나는 그것을 잊지 말아야한다. 착한 마음씨를 가지도록 힘쓰자. 나의 생각을 죽음에지배당하지 않도록 하자!

"죽음은 쾌락이지 사랑은 아니라고 나의 꿈은 말한다. 죽음과 사랑, 이것은 잘못된 몰취미의 배합이다! 사랑은 죽음에대립하는 것이다. 이성이 아니라 사랑만이 죽음보다 강한 것이다. 이성이 아니라 사랑만이 올바른 생각을 주는 것이다. 형식도 사랑과 착한 마음씨에서 생기는 것이다. *인간은 선과사랑을 위해 결코 죽음에다 자기 사고의 지배권을 내주어서는 안 된다.*"

자, 이제 눈을 뜨자. ……이것으로 나는 꿈을 마지막까지다 꾸고 목적을 달성한 셈이다. 나는 오래 전부터 이 말을 찾고 있었다.

7

페페르코른 씨는 이 세상에 논리적 혼란을 가져올 인물은결코 아니었다. 곧 알게 되겠지만 그는 이것과는 정반대의 인물이었다. 그런데도 이 인물의 출현 때문에 주인공은 심각한 혼란을 경험하게 되었다.

페페르코른은 아무 말도 하지 않았지만 얼굴은 아주 의미심장하고, 표정과 몸짓은 힘차고 박력 있고 인상적이어서 모두 그를 주시하고 있었다. 한스 카스토르프도 무언가 아주 중요한 것을 들은 것처럼 느껴졌다. 구체적인 이야기를 듣지 못했음을 의식했다 하더라도 아무도 그것을 아쉬워하지는 않았다.

"패배라고! 젊은이, 이것이 무얼 의미하는지 아시오? 삶에 대한 감정의 패배, 이것은 불충분함입니다. 이 불충분함에는 어떠한 구제도 동정도 위엄도 없으며, 사정없이 조롱으로 배척받을 뿐입니다. 젊은이, 처치될 뿐입니다……."

"나는 한 인물을 만났다. 그런데 그것이 하필이면 클라브디아의 여행 반려자라니!"

한스 카스토르프는 머리가 몹시 몽롱해졌다.

나프타는 부정과 무(無)를 예찬하고, 세템브리니는 긍정과 정신의 생에 대한 친근감을 외쳤다. 그러나 페페르코른을 보기만 하면 보지 않으려고 해도 알지 못하는 어떤 힘에 끌려 보지 않을 수 없었다. 신경, 불꽃, 전류는 어디로 사라져 버리는 것일까? 불꽃이 튕기지 않게 되었는데 그것도 (한스 카스토르프의 말을 빌리면) 신비로웠다. 이마에 깊은 주름을 새기고

왕자와 같은 얼굴에 비통하게 찢어진 입술을 한 페터 페페르코른은 언제나 두 가지 경향의 어느 쪽이기도 하여, 그를 보면 그 어느 쪽도 그에게 합당하며, 두 가지가 그에게는 하나가 되는 것처럼 보여 이쪽이기도 하고 저쪽이기도 하고, 저쪽이기도 하고 이쪽이기도 하다는 것이다. 아, 이 바보 같은 노인, 이 지배자적인 무(無)! 그는 분명히 어리석음과 명석함을 초월하고 있었을 뿐만 아니라, 세템브리니와 나프타가 교육 목적으로 고압 전류를 일으키기 위해 꺼낸 반대 개념을 초월하고 있었다.

말과 정신이 문제되지 않고 사실과 현재, 생활 등이 논의의 전면에 나오게 되면 정세는 두 논객에게 불리하게 되어, 둘은 어둠 속으로 들어가 눈에 띄지 않게 되고 이제 페페르코른이 주도권을 쥐게 되는 것이다.

쇼샤 부인이 요양원을 떠나기 전, 한스 카스토르프는 마지막으로 그녀와 대화를 나눴다.

"그만해요, 클라브디아. 물론 나는 스케일이 큰 인물도 아니고 천재도 아니야. 그러나 나는 우연히 이 천재적인 세계로 높이 밀려 올라왔어. 그러나 외부의 힘으로 높여지고 밀어 올려진 것도 원래 내부에 그런 것이 다소나마 있었기 때문이지. 그래서 그 내부에 있는 것이 뭔가 하면 나는 오래 전부터 병이나 죽음에 대해서는 잘 알고 있었고, 여기서 사육제날 밤에 그랬듯이 벌써 어렸을 때부터 비이성적으로 그대에게 연필을 빌린 적이 있단 말이야. 그러나 비이성적인 사랑은 바로 천재적인 것이야. 왜냐하면 죽음은 천재적 원리, 이원적 원리, 현자의 돌, 또는 교육적 원리이기 때문이지. 그리고 죽음에의 사랑은 삶과 인간에의 사랑으로 통하고 있기 때문이지.

삶에 이르는 길은 두 가지가 있는데, 그 하나는 직선적이고 당당한 일반적인 길이고, 다른 하나는 뒷길 즉 죽음을 뚫고 가는 길로서 이것이 천재적인 길이지!"

클라브디아 쇼샤가 페페르코른의 비극에 타격을 받고는 페페르코른의 살아남은 친구인 한스 카스토르프에게 경건하고 조심스럽게 작별의 인사를 한 뒤, 이 위에 사는 사람들의 곁을 다시 떠나버렸다. 그 후 한스 카스토르프는 이 세상과 인생을 이상하게 느꼈으며, 날이 갈수록 그로테스크하고 비뚤어지고 걱정스러운 상태로 되어갔다. 그것은 둔감이라는 이름의 악마였다.

한스 카스토르프는 주위를 둘러보았다. 그의 눈에 비친 것은 무서운 악마적인 현상뿐이며, 그는 이 현상이 무엇을 의미하고 있는지 알고 있었다. 그것은 시간을 잊은 생활, 걱정도 희망도 없는 생활, 표면상으로는 분주한 것 같지만 내부로는 침체되어 있는 방종한 생활, 죽어 있는 생활이었다.

세월이 흐름에 따라 베르크호프 요양원에는 어떤 악령이

배회하기 시작했다. 도대체 무엇이 시작되었다는 말인가? 무엇이 일어나기 시작했다는 말인가? 일촉즉발의 신경과민, 누구나 서로에게 퍼붓는 독설, 분노의 폭발…… 그렇다, 손찌검을 할 것 같은 분위기였다. 격한 언쟁, 걷잡을 수 없는 욕설이 매일같이 개인들 간에 또는 그룹 사이에서 벌어졌는데, 싸움의 방관자들은 아우성치는 당사자들의 모습을 언짢게 느낀다거나 말리는 대신 오히려 그 모습에 공감하고 열중하고 같이 도취해버리는 것이 특색이었다.

한스 카스토르프는 이 위에서 7년간 있었다. 7이라는 수는 십진법에서 보면 어중간한 수이지만, 그러나 그것은 그것대로 훌륭하고 알맞은 수로서 일종의 신화적이고 회화적인 뜻을 갖는 시간 단위이다. 예를 들면 6이라는 반 다스 같은 평범하고 무미건조한 수보다도 마음을 만족시켜준다.

인생이 이 죄 많은 걱정거리 자식을 다시 받아들이기 위해서는 그렇게 손쉬운 방법으로 만족하지 못했기 때문에, 역시 그토록 심각하고 준엄한 형태, 일종의 재앙의 형태로 받아들이지 않을 수 없었던 것이다. 그리고 재앙은 죄 많은 한스 카스토르프에게는 생명을 의미하는 것이 아니며, 그의 무덤 위에서 소총으로 쏘아지는 세 발의 예포 소리를 의미하는 것인지도 모른다. 그러자 그는 무릎을 꿇고 하늘을 향해 얼굴과 두 손을 높이 들었다. 유황 냄새가 진동하는 어두운 하늘이었지만 그래도 이젠 죄 많은 마의 산의 동굴 천장은 아니었다.

우리들의 친구, 저 한스 카스토르프는 포탄에 맞은 것일까? 정말 당했을까? 그는 순간 당했다고 생각했다. 커다란 흙덩이가 정강이를 때리는 순간 엄청난 아픔을 느꼈지만 괜찮았다. 그는 다시 일어서서 진흙이 들러붙은 구두를 질질 끌고 절름거리면서, 다시금 비틀비틀 계속 전진하며 자신도 모르게 노래를 흥얼거렸다.

가지는 흔들려서
말하는 것같이…….

마침내 그는 혼란 속으로, 빗속으로, 어스름 속으로 우리의 시야에서 사라져 갔다.

안녕, 한스 카스토르프, 인생의 성실한 걱정거리 녀석! 자네 이야기는 끝났다. 우리는 자네 이야기를 끝마친 것이다. 그것은 짧지도 길지도 않은 이야기이고 연금술 같은 이야기였다.

3 관련서 및 연보

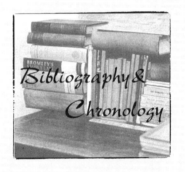

Bibliography & Chronology

독일에서 태어나, 미국 시민으로서 중립국 스위스에서

삶을 마감해야 했던 토마스 만의 아이러니컬한 운명의 '연보'

토마스 만 저작선 관련서

토마스 만의 다른 작품들

「트리스탄 Tristan」

주위의 소박한 세계를 그냥 두고 볼 수 없어서 자기 힘이 닿는 한 주변의 모든 것을 정화시키고 말로 드러내고 의식하게 만들고 싶은 충동을 느끼는, 그러나 현실적으로 무력하고 우스꽝스럽기 짝이 없는 작가 슈피넬, 예술과는 아무 상관 없이 둔감하게 현실을 살아가는, 야비하지만 건전하고 당당한 시민 클뢰터얀 씨, 이 두 사람이 객관적으로 대비되고 있다. 토마스 만의 아이러니 수법이 특히 잘 드러나 있는 대표적인 단편이다.

「베니스에서의 죽음 *Der Tod in Venedig*」

이 작품은 토마스 만의 초기 작품 중에서 가장 긴 단편소설이다. 피로에 지친 작가가 우연히 뮌헨의 공동묘지에서 낯설고 기이한 남자를 만나는 것으로 작품은 시작된다. 주인공 아셴바흐는 그의 모습을 보고 갑자기 뮌헨을 떠나 어디론가 여행하고 싶은 충동을 느낀다. 그러나 창작 활동에 몰두하는 윤리적인 가치관의 소유자인 그는 미의 관념에 사로잡혀 자신의 본래의 인격적인 개성을 무기력하게 상실해버리고 사랑의 체험에 빠진다.

「한 비정치인의 고찰 *Betrachtungen eines Unpolitschen*」

프랑스적 문명 개념을 독일의 문화 개념과 대립적인 관점에서 서술한 방대한 저작이다. 토마스 만의 사상의 한 전환점이자 작가 생활의 요약인 동시에 과거와의 작별을 고하는 작품이다. 토마스 만은 이전까지는 현실의 사건들과는 동떨어진 예술가였으나 이 작품 이후 여러 면에서 유명한 정치적 저널리스트로 활동한다.

「마리오와 마술사 *Mario und der Zauberer*」

이탈리아의 어느 해수욕장에서 일어난 어떤 우발적 살인 사건이 소재이다. 관객들이 홀을 가득 메운 가운데 무대 위에는 몹시 추하게 생긴 마술사 치폴라가 재주를 부린다. 치폴라는 최면술과 교묘한 설득력으로 관객을 압도하는 동시에 홀 안에 휙휙 소리가 들릴 정도로 채찍을 휘두른다. 마지막에 이 사기꾼은 선량한 급사 마리오를 무대로 데려와 그를 최면 상태에 빠뜨린 뒤, 자신의 명령에 따르도록 강요하여 관객을 만족시킨다. 마리오는 채찍 소리에 문득 깨어나 총탄 두 발을 쏘아 치폴라를 살해한다. 해변에서 마술을 부리고 있는 주인공 치폴라는 바로 독재자의 화신이며, 관객을 지배하고 모욕하는 그의 채찍은 이탈리아와 독일의 정치적 테러리스트들이 국민을 지배하는 수단으로 이해될 수 있다.

『요셉과 그 형제들 *Joseph und seine Brüder*』

1부 '야곱 이야기', 2부 '청년 요셉', 3부 '이집트에서의 요셉'이라는 부제로 1, 2년 간격으로 발표되었다. 마지막 4부는 1943년에 '부양자 요셉'이라는 부제로 출간되었다. 이 4부작의 중심 내용을 이루고 있는 것은 구약성서 창세기 25~50장의 이야기이다. 야곱의 이야기부터 시작하여 야곱의 아들 요셉이 기구한 운명을 겪으면서 죽음의 나라 이집트에서 세속적인 성공을 거두고, 마침내 어릴 적 그를 우물에 집어 던졌던 형제와 늙은 아버지 야곱과 극적이며 감동적인 재회를 하기까지를 그리고 있다.

「뒤바뀐 머리 *Die vertauschte Köpfe*」

인도 설화를 패러디한 것이다. 인도의 전설을 빌려 삶과 정신과의 조화적 종합이라는 이상 실현의 어려움을 나타내고 있다. 귀족 계급인 총명한 두뇌의 소유자 슈리다만과 대장장이이며 양치기인 난다, 이 두 친구는 서로 좋아하지만 그 동네 양치기의 미모 딸 지타와 삼각관계이다. 성스러운 여신 칼리는 두 친구의 머리와 몸을 합체시키면서 슈리다만의 머리를 난다의 몸에, 난다의 머리를 슈리다만의 몸에 서로 바꾸어 결합시키는 실수를 한다. 마침내 슈리다만과 난다는 혈투를 벌이고 세 사람 모두 자살로 종말을 맺는다.

『파우스트 박사 *Doktor Faustus*』

독일의 작곡가 아드리안 레버퀸의 삶의 내용을 기록하는 일기 형식으로 되어 있다. 파우스트라는 독일의 전형적인 인물을 천재 음악가로 모습으로 형상화하면서도 그가 악마와 결탁하여 몰락해가는 비극을 그려 추상적이고 신비적인 독일 혼을 파헤쳤으며, 또 나치즘이라는 악마적인 비합리주의가 독일에 대두하게 된 원인과 과정을 예리하게 묘사했다.

「선택된 인간 *Der Erwählte*」

'착한 죄인'에 대한 설화의 아이러니적 해석이자 중세에 성립

된 오이디푸스 이야기의 기독교적 판본의 패러디이다. 동화의 세계를 서술하는 것은 아니지만 어딘지 모르게 동화의 경계에 머무는 듯한 설화의 형식을 취하고 있다. '선택된 인간' 의 과정은 죄를 통한 고양, 즉 카오스(혼돈)를 통한 코스모스(질서)를 향해 이루어진다. 물론 소설의 결말은 아들과 어머니, 죄인과 신, 인간과 세계 사이의 화해이다. 이 책은 내용과 문체에서 미래를 주시하거나 어떤 새로운 전망을 여는 것이 아니라, 과거를 주시하고 재생하는 아이러니적 작품이다.

『사기꾼 펠릭스 크룰의 고백 Bekenntnisse des Hochstaplers Felix krull』

토마스 만의 다른 작품들에 비해 비교적 잘 알려지지 않았지만 몇 가지 특이한 점을 지니고 있다. 무려 50년이라는 집필 기간, 자서전적 고백의 형식, 토마스 만이 남긴 마지막 작품이면서 미완성이라는 점이다. 주인공 크룰은 『부덴브로크가의 사람들』의 주인공 하노처럼 몰락해가는 세대의 마지막 후손이다. 주인공 크룰은 과감하게 세상에 뛰어들지만 세상에 대해 시민적 방식으로는 봉사할 수 없어, 세상이 자신에게 빠져들도록 온갖 노력을 다한다. 토마스 만은 이 마지막 단편소설에서 정신과 삶 사이의 조화 원칙을 구체화한다. 여태까지의 주인공들은 예술 또는 예술의 사명에 헌신하기 위해 삶에 불성실하게 되고, 또 삶과 거리를 취하며 고독에 빠져들 수밖에 없었다. 그러나 크룰은 사기 행각을 보다 높은 사명으로 관찰하고, 그것을 쟁취한다. 크룰은 세계와 자기 자신을 조화시킨다.

토마스 만 관련서

『부덴크로크가의 사람들』

우리나라 작품 중 서울의 이름난 만석꾼 조씨 집안의 3대가 일제 치하에서 몰락해가는 과정을 그린 염상섭의 『삼대』와 유사한 점이 많다.

번역본으로는 『부덴크로크가의 사람들』(홍성광 옮김, 민음사, 2001)을 추천한다.

『마의 산』 관련서

유사한 인물이 나오는 작품으로는 『적과 흑』의 줄리앙 소렐, 『이방인』의 뫼르소가 있다.

유사한 갈래의 작품으로는 독일 작품은 빌란트의 『아가톤』, 괴테의 『빌헬름 마이스터』, 노발리스의 『파란 꽃』, 횔덜린의 『히페리온』, 슈티프터의 『늦여름』, 켈러의 『녹의의 하인리히』, 헤세의 『유리알 유희』 등이 있고, 외국 작품은 디포우의

『로빈슨 크루소』, 트루니에의 『방드리디 또는 태평양의 끝』,
존 쿳시의 『포』 등이 있다.

번역본은 『마의 산』(곽복록 옮김, 동서문화사, 1978), 『마의 산』
(홍경호 옮김, 범우사, 1999)을 추천한다.

「토마스 만의 반어적 서술기법」(안삼환, 창작과비평사, 1988)

독일 소설과 서사시와의 경쟁 관계에서 독일 소설이 세계와
인생의 총체성을 추구할 수밖에 없었던 이유를 들며 그 중심
인물로 토마스 만을 꼽고 있다. 『부덴브로크가의 사람들』을
중심으로 그의 서술 기법을 파헤친 수준 높은 논문이다.

『아이러니』(윤순식, 한국학술정보, 2004)

고대 수사학적 아이러니와 낭만주의적 아이러니에 대한 일반적
고찰을 시작으로, 토마스 만의 정신적 지주였던 쇼펜하우어·바
그녀·니체의 철학을 살펴보면서, 『마의 산』이 지니는 교양소설
적 측면, 시대소설적 측면, 시간소설적 측면, 성년입문소설적 측
면 등을 각각 분석하며, 이런 여러 양상들이 결과적으로 『마의
산』이 반어성을 지니는 소설로 만들고 있다는 점을 입증한다.

『토마스 만의 문학과 사상』(황현수, 세종출판사, 1996)

토마스 만의 삶과 죽음에 대해 초·중기 작품들을 중심으로 살

펴보면서, 패러디 문학, 독일성과 휴머니즘, 사상과 정치 등의
분류를 통해 토마스 만의 주요 작품과 에세이를 두루 망라하
여 연구·분석했다. 몇 안 되는 국내 토마스 만 관련서 중에서
도 역작으로 꼽힌다.

『토마스 만』(로만 카르스트, 원당희 옮김, 책세상, 1997)

토마스 만의 삶을 아이러니로 규정하면서 그의 예술사의 족적
을 추적한다. 토마스 만에게 주어진 수많은 찬양과 명성, 오해
와 비난, 역사 속에 남긴 찬란한 언어의 빛무리도 철저히 진리
를 탐구하려는 그의 아이러니의 시각에서 비롯된 것이다.

참고 문헌

Mann, Thomas, *Gesammelte Werke in dreizehn Bänden*(토마스 만 전
집). Bd. Ⅰ, Ⅲ, Ⅸ, Ⅹ, Ⅺ, ⅩⅢ, Frankfurt am Main, 1974.

Baumgart, Reinhard, *Das Ironische und die Ironie in den Werken
Thomas Manns*, München, 1964.

Böhm, Karl Werner, *Die homosexuellen Elemente in Thomas Manns
"Der Zauberberg"*, in: Hermann Kurzke(Hrsg.), Stationen der
Thomas- Mann-Forschung. Aufsätze seit 1970, Würzburg, 1985.

Breloer, Heinrich, *Unterwegs zur Familie Mann*, Frankfurt am Main, 2001.

Breloer, Heinrich/Königstein, Horst. *Die Manns*, Frankfurt am Main, 2001.

Dierks, Manfred, *Buddenbrooks als europäischer Nervenroman*, In: TMJb Bd. 15(2002), S. 135-152.

Elsaghe, Yahya, *Die imaginäre Nation. Thomas Mann und das 'Deutsche'*, München: Fink, 2000.

Heller, Erich, Thomas Mann. *Der ironische Deutsche*, Frankfurt am Main(suhrkamp taschenbuch 243), 1975.

Klugkist, Thomas, *49 Fragen und Antworten zu Thomas Mann*, Frankfurt am Main, 2003.

Koopmann, Helmut, *Die Entwicklung des 「intellektualen Romans」 bei Thomas Mann*, Untersuchungen zur Struktur von 『Buddenbrooks』, 『Königliche Hoheit』 und 『Der Zauberberg』, Bonn, 1980.

Ders, *Humor und Ironie*, in: Thomas-Mann-Handbuch, Alfred Kröner Verlag, Stuttgart, 1995.

Kurzke, Hermann, *Thomas Mann. Das Leben als Kunstwerk*, Frankfurt am Main, 2001.

Mayer, Hans, *Thomas Mann*, Frankfurt am Main, 1980.

Prater, Donald A., *Thomas Mann - Deutscher und Weltbürger,* Eine Biographie, München, 1995.

토마스 만 연보

1875년

6월 6일 독일의 북부 도시 뤼벡에서 아버지 토마스 요한 하인리히 만(당시 34세)과 어머니 율리아 다 실바-브룬스(당시 23세)의 차남으로 출생한다. 작가 하인리히 만이 4살 위의 형이다.

1877년 (2세)

아버지가 시참사회 의원으로 선출된다.

1892년 (17세)

51세로 아버지가 사망하고, 가업으로 100년 이상 운영되어오던 곡물상회는 파산한다.

1893 (18세)

월간지 『봄의 폭풍우』를 간행한다.

1894년 (19세)

고등학교를 중퇴하고, 어머니와 가족의 뒤를 따라 뮌헨으로 이주한 뒤 화재보험회사의 견습사원으로 입사한다. 최초의 단편 「타락」을 발표한다.

1895년 (20세)

보험회사 견습사원을 그만두고 뮌헨 대학에서 역사, 미술사, 문학사 등을 청강한다.

1897년 (22세)

형 하인리히 만과 함께 이탈리아로 여행을 떠나 그곳에서 일 년 반 정도 체류한다. 『부덴브로크가의 사람들』의 집필을 시작한다.

1898년 (23세)

로마에서 뮌헨으로 돌아온다. 『짐플리치시무스』지 편집위원이 된다. 최초의 단편집 『키 작은 프리데만 씨』를 출간한다. 이 단편집 속에 「행복에의 의지」 「환멸」 등이 수록되어 있다.

1900년 (25세)

『부덴브로크가의 사람들』을 완성한다. 일 년 만기 지원병으로 육군에 입대하지만, 3개월 후 행군 도중 발가락에 생긴 건초염으로 제대한다.

1901년 (26세)

『부덴브로크가의 사람들』이 간행된다(처음에는 두 권으로 나왔다). 이 작품의 출간으로 명성과 부를 함께 얻는다.

1903년(28세)

단편집 『트리스탄』을 발표한다. 이 소설집에 「토니오 크뢰거」가 수록되어 있다.

1904년(29세)

단편 「어떤 행복」 「예언자의 집」을 발표하고, 희곡 「피오렌차」를 완성한다.

1905년(30세)

단편 「고뇌의 시간」을 발표한다. 2월에 뮌헨대학 수학 교수인 프링스하임의 딸 카챠 프링스하임과 결혼한다. 11월에 장녀 에리카 만이 출생한다.

1906년(31세)

희곡 「피오렌차」를 출간한다. 장남 클라우스 만이 출생한다.

1907년(32세)

단편 「철도 사고」를 발표한다.

1908년(33세)

차남 골로 만이 출생한다(그는 나중에 유명한 역사학 교수가 된다).

1909년(34세)

독일의 어느 소공국을 무대로 하는 중편 「대공전하(大公殿下)」를 발표한다. 고독한 예술가적 존재를 사랑과 결혼에 의거하여 삶의 세계와 손을 잡게 하는 작품이다.

1910년 (35세)

『사기꾼 펠릭스 크룰의 고백』의 집필을 시작한다. 차녀 모니카 만이 출생하고, 누이 클라라 만은 음독자살한다.

1911년 (36세)

『사기꾼 펠릭스 크룰의 고백』의 집필을 중단하고, 단편 「베니스에서의 죽음」의 집필을 시작한다.

1912년 (37세)

폐렴 때문에 스위스 다보스에서 요양 중이던 아내를 방문한다. 죽음에 매혹되어 몰락하는 예술가의 비극을 묘사한 「베니스에서의 죽음」을 발표한다.

1913년 (38세)

장편소설 『마의 산』 집필을 시작한다.

1914년 (39세)

뮌헨 포싱어가 1번지의 저택에 입주한다. 8월 1일 제1차 세계대전이 발발한다. 단편 「시련의 시간들」 「행복」을 발표한다.

1915년 (40세)

『마의 산』 집필을 중단한다. 보수적 견해를 피력하는 에세이적 논설문 「프리드리히와 대동맹」을 발표하고, 이어 「한 비정치인의 고찰」을 쓰기 시작한다.

1918년 (43세)

제1차 세계대전이 종결된다. 프랑스적 민주주의·문명 개념을 독일의 문화 개념과 대립적인 관점에서 서술한 방대한 저작 「한 비정치인의 고찰」을 출간한다. 이로써 진보적 사고를 지녔던 형과의 불화가 본격적으로 시작된다(형제 논쟁). 이 싸움의 전개 과정에서 토마스 만은 차츰 자신의 보수주의의 허점과 시대적 낙후성을 깨닫게 된다. 3녀 엘리자베트 만이 출생한다.

1919년(44세)

단편 「주인과 개」를 발표한다. 본 대학에서 명예 박사학위를 취득한다. 국내외적으로는 베르사유 조약이 체결되고 바이마르 헌법이 제정된다. 중단했던 『마의 산』을 다시 쓰기 시작한다.

1920년(45세)

서사시 「어린아이의 노래」를 발표한다.

1922년(47세)

평론집 『괴테와 톨스토이』와 소설 『사기꾼 펠릭스 크룰의 고백, 어린 시절의 책』을 출간한다. 보수적 정치관을 지양하는 연설문 「독일 공화국에 대하여」를 강연하면서 독일 청년층에 민주주의의 지지를 권한다. 이후 바이마르 공화국의 문화 사절 자격으로 국외로 강연 여행을 다닌다. 형 하인리히 만과 화해한다.

1923년(48세)

「독일 공화국에 대하여」를 출판한다. 어머니가 사망한다.

1924년(49세)

장편소설 『마의 산』이 출간된다.

1925년(50세)

단편 「무질서와 어린 고뇌」를 발표한다. 피셔 출판사에서 『토마스 만 전집』 10권이 간행된다.

1926년(51세)

프로이센 예술원의 문학회원으로 선출된다. 구약성서 창세기를 소재로 한 4부작 장편 『요셉과 그 형제들』의 집필에 착수한다.

1927년(52세)

연극배우로 성공을 꿈꾸던 누이동생 율리아 만이 자살한다.

1929년(54세)

노벨 문학상을 수상한다. 수상작은 『부덴브로크가의 사람들』이지만 자신은 『마의 산』을 더 훌륭한 작품이라고 생각한다.

1930년(55세)

이탈리아의 무솔리니와 히틀러를 비판한 단편 「마리오와 마술사」와 평론집 『시대의 요구』를 출간한다. 이집트와 팔레스티나로 여행을 떠난다. 「이성에 호소함」이란 제목의 강연을 통해 나치의 의회 진출을 경고한다.

1932년(57세)

괴테 서거 100주년에 즈음하여 「시민시대의 대표자로서의 괴테」「작가로서의 괴테」라는 제목의 강연을 한다.

1933년 (58세)

4부작 연작소설 『요셉과 그 형제들』의 제1부 '야곱 이야기'를 발표한다. 1월 30일 히틀러가 독일 수상이 된다. 2월 10일 뮌헨 대학에서 「리하르트 바그너의 고뇌와 위대성」이라는 제목으로 강연을 한 뒤, 국외로 강연 여행을 떠난 채 망명을 한다. 스위스의 취리히 호반 퀴스나하트에 거처를 정한다. 처음에는 정치적 활동을 자제하여 다른 망명 문학가들의 오해를 받기도 한다.

1934년 (59세)

『요셉과 그 형제들』의 제2부 '청년 요셉'을 간행한다. 미국으로 첫 여행을 떠난다.

1935년 (60세)

평론집 『리하르트 바그너의 고뇌와 위대성』과 논문 「유럽에 고함」을 발표한다.

1936년 (61세)

『요셉과 그 형제들』의 제3부 '이집트에서의 요셉'을 간행한다. 자신이 망명 작가임을 밝힘으로써 히틀러 정권에 의해 재산이 몰수되고 독일 국적을 박탈당한다. 본 대학으로부터 박사학위 철회 통고를 받는다. 강연문 「프로이트와 미래」를 발표한다.

1937년 (62세)

본 대학의 조처에 항의하는 「왕복서간」을 발표한다. 콘라트 팔케와 함께 격월간지 『척도와 가치』(1937~1939)를 발행하여 독일 문화를 옹호한다.

1938년(63세)

미국으로 이주한다(이후 2년간 프린스턴 대학의 객원 교수로 강의한다). 「다가올 민주주의의 승리」라는 제목으로 미국 15개 도시 순회강연을 한다.

1939년(64세)

괴테를 패러디한 장편 『바이마르의 롯테』를 발표한다. 괴테를 주인공으로 천재의 내면을 그리면서 히틀러 독재와는 다른 괴테적인 독일을 그려낸다. 제2차 세계대전이 발발한다. 국제 펜클럽대회에서 「자유의 문제」라는 제목으로 강연한다.

1940년(65세)

인도의 전설을 빌려 삶과 정신과의 조화라는 이상 실현의 어려움을 나타낸 단편 「뒤바뀐 머리」를 발표한다. 영국 BBC 방송을 통해 「독일 청취자 여러분!」이라는 제목으로 이후 5년간 55회 라디오 방송을 하며 히틀러 타도를 독일 국민에게 호소한다.

1941년(66세)

미국 캘리포니아로 이주한다.

1943년(68세)

소설 『요셉과 그 형제들』의 제4부 '부양자 요셉'을 출간함으로써 마침내 4부작을 완성한다. 단편 「십계」와 장편 『파우스트 박사』의 집필을 시작한다.

1944년 (69세)

단편 「율법」을 발표한다. 미국 시민권을 획득하고, 프랭클린 루즈벨트의 대통령 선거전 참모 역할을 한다.

1945년 (70세)

5월 7일 독일이 항복하고, 제2차 세계대전이 종결된다. 연설문 「독일과 독일인」을 발표, 전후 미국 사회에 독일의 문화와 독일인의 입장을 변호한다.

1947년 (72세)

『파우스트 박사』를 간행한다. 독일의 전형적인 인물인 파우스트를 천재 음악가로 설정하여 그가 악마와 결탁하면서 몰락해 가는 비극을 그려 추상적이고 신비적인 독일 혼을 파헤친다. 또한 나치즘이라는 악마적인 비합리주의가 독일에 대두된 원인과 과정을 예리하게 묘사한다. 취리히에서 열리는 국제 펜클럽대회에 참가하기 위해 전후 처음으로 유럽을 방문한다.

1949년 (74세)

「파우스트 박사의 성립」을 발표한다. 망명 후 처음으로 독일을 방문, 프랑크푸르트와 바이마르에서 괴테 탄생 200주년을 기념하는 연설을 한다. 옥스퍼드 대학에서 「괴테와 민주주의」라는 제목으로 강연한다. 아들 클라우스 만이 자살한다.

1950년 (75세)

시카고 대학과 소르본 대학에서 「나의 시대」라는 제목으로 강연한다. 동독으로 가려던 형 하인리히 만이 사망한다.

1951년(76세)

중편 「선택된 인간」을 출간한다. 근친상간의 죄인이 속죄하여 은총을 받아 결국 교황의 자리에까지 오르게 된다는 내용으로, 인간성의 회복을 묘사하고 있다.

1952년(77세)

유럽으로 돌아와 스위스의 취리히 근교에 정착한다.

1953년(78세)

단편 「기만당한 여인」과 평론집 『신고론집(新古論集)』을 간행한다.

1954년(79세)

『사기꾼 펠릭스 크룰의 고백, 회상의 제1부』를 간행한다. 세상에 조금이나마 수준 높은 웃음을 제공하려는 염원을 담은 작품이다. 취리히 근교의 킬히베르크에 있는 저택을 구입한다.

1955년(80세)

실러 서거 150주년을 맞아 「실러 시론(詩論)」을 쓰고, 동서독에서 실러의 기념 강연을 한다. 당시 스위스 국적을 가지고 있던 토마스 만은 고향 도시 뤼벡의 명예시민이 된다. 7월 21일 혈전증 진단을 받고 8월 12일 취리히 시립병원에서 사망한다. 16일 이 도시의 교회 묘지에 안장된다.

주註

1) 특히 프리드리히 쉴러는 전통적인 '시인 Dichter'과 '산문작가 prosaischer Erzähler'를 구별하여 산문작가는 시인의 의붓동생이라고 하였다.
2) 당시는 프로이센-프랑스 전쟁의 승리로 합법화된 프로이센 왕이 1871년 베르사유에서 독일 황제로 즉위한, 프로이센 패권 시대였다. 전쟁에서의 승리는 독일의 통일을 가속화시켜 독일제국이라는 새로운 통일 국가를 탄생하게 했다.
3) 반복되어 나타남으로써 인상 깊은 진술을 만들어 내는 동일한 형태의 어구.
4) 아헨, 뒤셀도르프, 카셀, (오데르 강변의) 프랑크푸르트 등의 도시를 연결하는 선을 경계로 남쪽은 고지독일어, 북쪽은 저지독일어로 나뉘어진다. 표준어는 고지독일어에 근거를 둔다.

토마스 만 읽기의 즐거움
부덴브로크가의 사람들·토니오 크뢰거·마의 산

펴낸날   초판 1쇄   2005년 8월 16일
         초판 2쇄   2016년 8월 26일

지은이   **윤순식**
펴낸이   **심만수**
펴낸곳   **(주)살림출판사**
출판등록 1989년 11월 1일 제9-210호

주소   경기도 파주시 광인사길 30
전화   031-955-1350   팩스   031-624-1356
홈페이지 http://www.sallimbooks.com
이메일   book@sallimbooks.com

ISBN   978-89-522-0413-4   04080
         978-89-522-0394-1   04080 (세트)